那片绿色

——高波文学作品集

高 波 著

大连出版社
DALIAN PUBLISHING HOUSE

图书在版编目（CIP）数据

那片绿色：高波文学作品集 / 高波著. —大连：
大连出版社，2014.1
ISBN 978-7-5505-0617-6

Ⅰ.①那… Ⅱ.①高… Ⅲ.①短篇小说—小说集—
中国—当代 Ⅳ.①I247.7

中国版本图书馆CIP数据核字(2013)第302924号

出 版 人：刘明辉
策划编辑：张　波
责任编辑：金　琦
封面设计：田广元
插　　图：王天用
版式设计：张　波
责任校对：尚　杰
责任印制：史凌玲

出版发行者：大连出版社
地址：大连市西岗区长白街10号
邮编：116011
电话：0411-83620442 0411-83620941
传真：0411-83610391
网址：http://www.dlmpm.com
E-mail：zdlszhangbo@163.com
印 刷 者：大连图腾彩色印刷有限公司
经 销 者：各地新华书店

幅面尺寸：145 mm × 210 mm
印　　张：6
字　　数：120千字
出版时间：2014年1月第1版
印刷时间：2014年1月第1次印刷
书　　号：ISBN 978-7-5505-0617-6
定　　价：35.00元

写在前面的话

怀旧是思念，是追溯，也是传承，更是历史文化的延续。

每当我重温那段峥嵘岁月，总会在心中涌起激情与澎湃。因为那个年代给予了我们崇高的精神境界，使我们那代青年人担负起了国家和民族的责任。

走进过去的历史，回忆民族的兴衰，感受时代的沧桑，体味人生的苦涩，进而去探寻我们追求的理想。

在生活中，我们渴望美好纯真的爱情，在人生曲折的道路上，我们追求自我与梦想，在生存中，我们捍卫和平。

每个年代都有着不同的主题，然而不变的是，民族的自尊与伟大的爱国热情，所表现出的惊天地、泣鬼神的英雄主义壮举。这是最崇尚的人性美。

我喜欢怀旧，愿写过去的故事，这里有留恋，也有感怀，更多的是去追寻一种精神，一种振奋向上的精神。小说《那片绿色》被业内专家比喻是军人版的《山楂树之恋》，它讲述的是二十世纪八十年代部队大院一对军人子女曲折动人的爱情故事，他们把理想和爱情交织在一起，他们爱得高尚、爱得深沉、爱得真挚、爱得潇洒，他们是纯真的一代。从他们身上所展现出来的高度军人责任感和爱国主义牺牲精神，着实让我感动。

抵御外寇、血洒疆场、不辱使命、英雄豪迈，那个年代留给了我们太多的催人泪下的故事。

在我文学创作的道路上，我始终坚守一条，就是讴歌时代的主旋律，把美好动人的故事说给人听，因为这是一种品质，一种责任，一种境界，更是一种对社会的承诺。

作　者

目录

NAPIAN LÜSE

那片绿色

又是一个春暖花开的季节。

我独自来到绿荫葱葱的五岭山上，沿着熟悉的羊肠小道，寻找那块我常在梦里见到的青石板。走向山顶，拨开身边的杂草树叶，一只蓝绿相间的蝴蝶，展开它美丽的翅膀，不停地在我眼前飞舞。远远地，我看见了那块青石板，多年的风蚀雨淋，它已不再光泽，石板上生满了青苔，显得那么苍凉和孤独。我疾步贴近它，俯下身轻轻地抚摸着它的“脸颊”。

我将手中采集来的山野花，编成一个“心”形，端端正正放在石板中间。我心里不停地念叨着她——十几年来，我心底的那个她。在这块青石板上，我与她相依而坐，谈理想、谈人生、谈孩时的顽皮。然而，最后留下的只是那一串串初恋时的回忆。我知道，如果没有那一段南疆战火，我们一定走到了一起，分享这里的阳光与绿色。可是，那颗罪恶的子弹，结束了我们金色的恋情。……不知不觉，已过了晌午，山脚下的军营传来了午饭号声，我静坐在那块青石板上，不愿离开它。凝望那片曾经生活、工作过的军营，听战士们唱着激昂的军歌，我不由得陷入

了深深的回忆之中……

1984年，我被调到位于五岭山下的东北某部队，任政治部新闻干事。这个部队的营区四面环山，空气清新，环境十分幽雅，是个静心写作的好地方，也非常适合我爱静的性格。我爱绿色，因她有生命感，她自然纯朴，不喧闹。我从小在部队大院里长大，绿色的军服，绿色的营房，绿色的军车，伴随着我度过了童年、少年。

我报到那天，去食堂吃午饭时，一个熟悉的笑声在我耳边响起。我扭过头一看，惊讶道："是你，袁娜。"袁娜，是我儿时的伙伴，我和他哥哥袁理是小学的同班同学，我们在大院里一起长大。我们大孩子在一起玩时，嫌袁娜小，不愿带她，她总是哭着鼻子磨我："涛哥哥，别丢下我，好吗？"每每这时，我心就软了下来，把这个小不点拉进大孩子圈，一块玩游戏。光阴荏苒，没想到，又在这里遇上了她。袁娜端来饭菜，坐在我旁边，边吃边唠。袁娜告诉我，她现在在司令部门诊部任司药，今年年初提的干。她故作诡秘地说："你没报到之前，我就从干部科那里知道了你要调到政治部工作。哎，去年我在省报上看了你的那篇小说《赫尔山谷里的枪声》，嘿，蛮有男人味的。"

说实在的，在这个远离市区的山沟里，偶遇儿时的小伙伴，初来时的寂寞与孤独感，即刻消失了。打那以后，袁娜三天两头到我宿舍玩，同舍的王干事或许是嫉妒或许是羡慕，说："袁娜是咱们机关里最年轻漂亮的女军官，又是高干的女儿，平时高傲得不得了，那眼睛总是斜着看人，谁敢高攀这个花枝啊。自从你调到宣传科后，她换了个人似的，在你面前没了脾气，像个乖小鸭。"我笑着告诉他，我们两家住在一个大院里，父辈在一起共事多年，我们只是儿时的小伙伴罢了。

袁娜确实长得很美，白皙的皮肤，圆圆的脸蛋，月牙形的柳叶眉，高高的鼻梁，短发，额头前留着几根浅浅的发丝，中等个，苗条的身材，穿上绿色的军服，更显青春靓丽，飒爽英姿。她小时在文化宫学过舞蹈，走路形成了八字步。

在宣传科里，我是小字辈，经常下基层采访撰稿，有时报社和杂志社稿件催得紧，加夜班是常有的事。袁娜见我时常早上不起床，不吃早饭，她就从食堂打来热腾腾的饭菜，在我们宿舍门前喊："懒虫，起床，太阳晒到屁股喽！"每每吃到她送来的饭菜，心里总是热乎乎的。一次，袁娜端来一碗热汤，神秘地说："这可是神丹大补汤。”我听后纳闷地问：“你吹牛吧？”袁娜笑着，一脸自豪地告诉我，是她到山上村民家里买来纯正野山参，在村民的指点下熬制成的。我问她这要花很多钱吧，她娇滴滴地朝我一笑，扭头便跑了出去。

这年冬季，军区在A战区进行了一次规模较大的红蓝军对抗演习，政治部领导叫我前去采访。这是一场合成军实弹对抗演习，总部和军区首长亲临现场观摩。军区投入了两个整编装甲师及一个直升机大队、一个歼击机大队、一个地对空导弹团参加这次演习。

我每天乘坐越野车，穿行于红蓝军集结地域。那时正值寒冬，气温在零下二十多度。为准确报道演习实况，我就和战士们一起睡帐篷、猫耳洞。实弹对抗演习在炮声隆隆中拉开了序幕，场面十分壮观。歼击机俯冲发射空对地导弹，弹无虚发；直升机在这次演习中首次发射新型反坦克导弹，发发命中目标。步坦协同，空地协同，初步体现了我军现代化、正规化合成训练水平。

我将演习实况向军内报刊发了多篇消息报道，引起了国内外军事专家的高度重视。外电评论，这是中国军队真正步入现代军事理念的开端。演习刚结束，我患了重感冒，高烧不退，部队将我送到A战区野战医院。X光片显示我得了肺炎，一天打两个点滴。袁娜知道了，从千里之外的五岭山赶到医院。她一迈进门，就抱怨地对我说：“你总是玩命，想吓死我是不是啊？”我分明看见她的眼眶里噙着泪水。她扒开橘子皮，将橘子瓣放在我嘴里，说：“你们科长告诉我，因为你很好地完成了这次军事演习的新闻采访任务，你受到了军通令嘉奖，并荣立三等功。”

我俩兴奋地击掌以示庆贺。

寒冷的冬天过去了，伴随着山上鸟儿叽叽喳喳的啼叫声，暖春来临了。山间的积雪渐渐开始融化，汇成条条小溪涌入五岭山脚下的一条黑河支流。

我调到师政治部的宣传科一年了，师首长对我的工作还是比较满意的。政治部孙副主任在机关年终总结表彰大会上点名表扬了我，他说，李涛同志是我部难得的人才，肯吃苦，勤钻善研，善于捕捉军事领域中的新动态，熟悉了解部队的基层生活，发表的许多新闻稿件和文学作品质量都很高。听了首长这番评价，我的心里挺满足的，感到这一年没白辛苦，然而，更高兴的是袁娜。

最初，我心里一直将袁娜当成妹妹，她二十岁，我二十四岁，我对袁娜的印象，仅仅停留在孩童时期的记忆，满脑子都是过去的顽皮与天真。如今，袁娜已不是那个活蹦乱跳，扎着两根小辫子，哼着童谣，跟着我们大孩子屁股后面玩耍的小姑娘了，而是一个青春似火的女军官，是到了可以选择自己恋人和人生未来的时候了。每当我看到她向我投来那束火辣辣的、含情脉脉的目光，我的心里便有种无法名状的悸动。

那天吃完午饭，袁娜约我上山散步。我俩沿着崎岖的山路，说说笑笑向山顶走去。山上长满了茂密的白桦树、落叶松。袁娜告诉我，她和门诊部的女孩子们经常上山玩，到秋天时漫山遍野地采榛子、割野菜。说着说着，袁娜唱起了《年轻的朋友来相会》：“……年轻的朋友们，今天来相会，荡起小船儿，暖风轻轻吹……”歌声悠扬欢快，像暖暖的春风扑洒在脸上，令人陶醉。在坡顶上一块光滑的青石板上，我们相视而坐，沉默了良久，还是袁娜先开了口："还记得我们小时候玩的游戏吗？我哥模仿电影《地道战》里的汤司令，你模仿高全宝。我哥哥竖起大拇指说：'高，实在是高。'你拿起了木制手枪，对准我哥哥，嘴里叫着'叭叭'，我哥应声倒下。"我顺手拔了根青草，放在嘴里咀嚼着，感慨万分地说："十多年过去了，那是多么无忧无虑的年代啊！"袁娜用拳捶了一下我的背，说："你上小学的时候很顽皮，把我家的玉米苗根拔下来，又用浮土原样埋好，惹得我妈好顿生气。"听罢，我仰脸大笑，说："你哥哥在我上学的路上，挖陷阱害得我划破了脚趾，鲜血直淌，我能不回敬吗？"袁娜此时的表情显得尤为欢畅，她望着山脚下的营房，说："你上了中学才像个大哥哥，有理想，有才气，长得帅，是咱们大院子女的偶像。"袁娜转脸对着我，眼睛窃视着我的表情。我不好意思地低下头，她的眼神让我发烧，我故作镇静地说："没有那么夸张吧。"

夜里，我躺在床上辗转难眠，袁娜的倩影，不停地徘徊在我的脑海中。每每看到她对我流露出钟情的目光，我的心便微微地颤抖，血在慢慢沸腾。她的柔情，她对我的关爱、体贴，尤其是她那妩媚的一笑，显得纯真而质朴，她的点点滴滴感染着我。日复一日中，我发现自己真的喜欢上袁娜了。

那些日子里，几乎每天午饭后，我都与袁娜上山散步聊天，真像一对形影不离的情侣。记得有一天，天色阴霾，时而下起沥沥细雨。我担心后面有大雨，山路湿滑不安全，所以不打算与袁娜上山散步。袁娜执意要上山，我拗不过她。我俩又坐在了那块不知道坐过多少次的青石板上，彼此有说不完的新旧话题。她突然表情严肃地对我说："你以后少到门诊去，那帮女孩野着呢。"我不屑地说："我看你，又不是看别人。"她故作嗔怒地瞪了我一眼说："你没有看到，咱俩在一起时，她们嫉妒得要命。那个从军区歌舞团下来的'小浪包'陈丽，看你的眼神就不对劲，直勾勾的，烦死人了。哎，你知道吗，我们门诊部的姐妹们都夸你才貌双全。哎，你挺有魅力的呀。她们还说……"袁娜面颊顿时起了红晕，支支吾吾地不往下说了。"她们到底都说了些什么？"我迫不及待地追问。袁娜小声说了句："她们说咱俩门当户对，天生的一对。"我们互相凝视着对方的眼神。我心里想，或许她们的猜测是对的。这时，乌云密布，电闪雷鸣，接着下起了瓢泼大雨。我急忙搀扶着袁娜往山下走，可是雨太大，路又滑，我们只好躲在一个只能容下一人的岩洞里避雨。我抱怨道："你呀，就是不听我的话，淋个落汤鸡就好了。"她哧哧一笑说："这可是天然浴。"大雨还是不停地下，袁娜浑身冷得直打战。岩洞狭小，两个人的身子几乎是贴着。我似乎感觉到了她的心在怦怦地如琴弦般地跳跃着，还有她那急促的呼吸声。她轻轻地说了声："我好冷。"我们默默相视，彼此的眼神里充满了爱的火焰。袁娜慢慢闭上眼睛，展示着她的柔情和妩媚，我感到了她的坦诚与质朴——她值得我爱，我不应拒绝她。

我将她轻轻地揽在怀里，此刻，袁娜的脸上露出了甜甜的、幸福的微笑。她将脸贴在我的胸前悄声问我："你喜欢我吗？"我用手擦去她脸上的雨珠，点了点头。

那天晚上，我回到宿舍。王干事一反常态，带着责怪的语气对我说："李涛同志，现在机关里到处传你和袁娜的事，说帅哥伴美女，整天漫山遍野地谈情说爱。政治部的领导都知道了，你小子等着瞧吧，有你好看的。"我不以为然地回答他："我和袁娜两小无猜，一个院儿长大的。难道我们在军营里谈情说爱犯法吗？"果不其然，第二天上午，政治部孙副主任把我叫到他的办公室。他是一位正统而又倔强的"三八"式老革命，黝黑的面孔，高高的个头，像座铁塔似的威坐在椅子上，表情十分严肃。我成立正姿势站在他的办公桌前，浑身直冒虚汗。孙副主任拍着桌子怒斥我："你小子，好大的胆子，天天领着门诊部的姑娘穿山林猫山洞，搞什么鬼名堂。你们是干部子弟，多少人都看着你们，部队不是培养花花公子的温床。你们都很年轻，要把心思用在工作和学习上。你看你，取得点成绩就翘尾巴啦？交女朋友，谈情说爱，要分个时间和场合，我们这是军营不是花园影院。一天恨不得见八遍，没出息。"我欲争辩两句，却几次被他那洪亮的嗓音压了下去，一通训斥后，他又心平气和地对我说："我们也是从年轻时过来的。当年我和你阿姨是在延安抗大学习时相识的，因为我们志同道合呀，在延河边见了短短几次面就把这门婚事定下了。最后，不也是走到一起了嘛！黏黏糊糊，那是小资产阶级情调。我们都认为你是一个很有才华的年轻人，不要把精力投放在卿卿我我的时光里。政治部党委下步打算把你送到南京政治学院进修，今后，你要严格要求自己呀。"我认为，孙副主任的批评是很有道理的，他是担心我沉迷于爱情而影响工作。我未做任何辩解。离开时，我向这位令我敬佩的长辈，敬了个标准的军礼，说："谢谢首长的关心与栽培。"

午饭后，袁娜约我出去散步。我告诉她今后咱俩少见面，打个电话就可以了。袁娜不解，问我为什么，我把孙副主任对我的批评和大家的议论全盘讲给她听。她气愤地使劲跺着脚说："都八十年代了，还搞爱情禁区，一群老古董！"我极力去劝她，她扭头不理我，径直朝女军官宿舍楼跑去，边跑边擦眼泪，我猜她一定很伤心。

晚上，我给她打电话，想耐心向她解释一下，她扯着嗓子带着哭腔对我说："你害怕了是不是？你是个胆小鬼，伪君子！为了你的事业，你忙去吧！"然后，她就把电话挂断了。

星期天晚饭时，袁娜没来食堂吃饭，我就问她的同事陈丽，她告诉我说，袁娜下午穿便装进城了。袁娜从来没有穿便装逛街的习惯。天渐渐黑下来，一个女孩子独自外出，天黑不归队，我的心开始忐忑不安。我立即到机关车队叫了一台吉普车，司机拉着我急速向市内驶去。

这是一座四面环山的中型城市，入夜的市区车水马龙，霓虹灯闪烁，我琢磨着袁娜一定躲在哪个饭店里自饮自醉。我从市里最繁华的三里湾大街开始逐个饭店寻找。临近午夜，我在一个装饰颇为华丽的饭店里找到了袁娜。此时，她已喝得酩酊大醉，倚在靠近墙角的餐桌旁，桌上放着四个空啤酒瓶子。她邻桌有两个穿着喇叭裤、花格上衣，戴着茶色眼镜，流里流气的年轻男子，在那儿推杯换盏。其中一个借着酒劲，色眯眯地盯着袁娜，说："这个漂亮的小妞，八成是失恋了吧。来，让哥哥过去瞧瞧。"

这小子说着，起身摇摇晃晃接近袁娜，伸手要摸她的脸。我疾步冲上去，一把抓住他的手，用力一扭，向后一掰，这小子疼得嗷嗷直叫，我手指着他的鼻子警告他："你放尊重些。"他的同伴要逞能，撸胳膊挽袖子凑了过来。这时，饭店老板赶紧过来打圆场："和气生财，和气生财。"我拉起醉醺醺的袁娜离开了饭店。

在车里，袁娜倒在我怀里，神志略有些清醒，她用嘴使劲咬着我的肩膀，不停地抽泣。我不能责怪她，打小我就把她当成自己的妹妹，如今又依恋相随。她现在这副样子，原因在我，我真浑，她差点被两个无赖流氓所戏弄。我心里不停地埋怨自己。此时，我任凭袁娜的拳头不间歇地捶打我的胸脯，让她发泄。

为躲避机关对我和袁娜喋喋不休的议论，我几乎天天下基层采访写生，甚至有时吃住在部队。我和袁娜约定每周见一次面，每隔一天通一次电话。虽然少了些花前月下，却多了些彼此的牵挂与思念。就这样，在繁忙中，又度过了一个温暖的春季。

一个烈日炎炎的上午，政治部孙副主任把我叫到他的办公室，他的态度十分温和。我敬过礼后，他招呼我坐在沙发上，随后微笑着对我说："小李呀，你近期的工作很有起色，你发表的稿子，不论是新闻报道还是文学作品，有高度、有激情，反映了部队的精神风貌。政治部党委对你的工作比较满意，部党委研究，经请示上级组织同意，决定派你到南京政治学院进修一年。袁娜在医院门诊部干得也不错，后勤部党委决定保送她到上海军医大学学习临床专业，毕业后当医生。你们两个都出身干部家庭，一定要处处严格要求自己，努力学习，不能辜负组织的培养和你们父辈的寄望，做一个有理想、有抱负的年轻一代。”我兴奋得简直要跳起来了。我站到首长面前，向他敬了一个标准的军礼：“谢谢首长的关心和厚爱。”

傍晚，我与袁娜又相约来到五岭山，依坐在那块青石板上。此时，夕阳如血，映得草木树间红彤彤的，陡岩壁下，是潺潺不息的泉涌小溪。袁娜头靠着我的肩膀，手里拿着芨芨草不停地弄我的鼻子，眼神中流露出对未来的憧憬，她喃喃地说：“你去南京，我去上海，相隔不太远，你一定常来看我。毕业后，我打算还是回到咱这五岭山下的部队医院，我爱这片绿色，更爱这绿色的军营。因为它培养了我，造就了我。那你的选择呢？”她用期待的目光看着我，我握紧她的手，满怀激情地说：“让我们把青春和未来献给这金戈铁马的绿色人生吧！”

临去学院报到，组织上准我们两人一周假，回家看看。我俩赶紧收拾好行囊，乘火车一路欢声笑语，回到了三江市的家里。

我家和袁娜家同住在三江市守备区首长大院，两家前后院。我父亲任守备区政委，她父亲任守备区副司令员，都是从抗战时期走过来的老同志。

第二天上午，我去袁娜家看望她的父母。袁娜高兴得像个欢快的小天鹅，又是沏茶又是削苹果。袁娜的母亲张阿姨拉着我的手，一个劲地夸奖我：“你和袁娜的事，我和你袁叔叔都知道了。袁娜这孩子还真有眼光。”袁叔叔端起茶杯，郑重其事，像指挥官发布指令似的，掷地有声地说：“小子，我和你爸爸商量过了，你们俩两小无猜，一起长大，又一起参军。现在到了谈婚论嫁的年龄了，你们的性格彼此都了解，用不着太多的时间去磨合，明年这个时候就把婚事办了。”袁娜抿着嘴，拉着她爸爸的胳膊说：“爸，我们都没有谈婚事，你们倒急了。”张阿姨靠近我说：“你年龄比袁娜大几岁，成熟稳重，袁娜这丫头，遇事爱耍小性子，你多担着她点。她在你身边我们放心。”我只有“嗯、嗯”应付着，两腮一片红润。这时，袁娜的哥哥袁理从外边回来了，我俩像久别的亲兄弟似的拥抱在一起。他告诉我，他办了一个贸易公司，经营皮货生意。他开玩笑地说：“咱们大院子女的偶像，一表人才的帅哥，盯上我这如花似玉的小妹。我警告你李涛，你要是欺负袁娜，哥们儿我可饶不了你！”说罢，全屋子里的人都哈哈大笑起来。中午，袁理做东，大家一起到市内一家高档酒店热热闹闹吃了顿午饭。

晚上，清风凉爽，我和袁娜在大院内散步。当走到军人俱乐部门前时，我俩同时停住了脚步，望着“军人俱乐部”五个红色水泥雕字。“还记得儿时我们在这儿度过的快乐时光吗？我们这帮大院子女，穿着父辈的旧军装，手拿红宝书，以最革命的姿态，齐聚在俱乐部的舞台上，模仿我们崇拜的英雄们：杨子荣、李玉和、郭建光、严伟才的京剧舞台动作和唱腔，你在台下为我们鼓掌叫好。”我有感而发地回忆说。袁娜也感叹道：“那是一段无忧无虑，美好童真的时光哩。我们当时在一起最爱唱的那首歌是《让我们荡起双桨》。”说着，我们不约而同地唱了起来：

“让我们荡起双桨，小船儿推开波浪……”

在家休假的第三天上午，我父亲匆匆地从办公室回到家里，他十分严肃地对我说："刚才，我接到你部孙副主任的电话。你部抽调一个步兵加强连赴云南前线执行作战任务，并建议你随行采访报道。他征求我的意见，我完全同意。孙副主任还说，任务结束后，你再去南京政治学院学习。儿子，我想知道你的态度，你是怎么想的？"父亲静观我的神色，期待着我给他满意的回答。我沉思了一会儿，态度十分明确而坚定地说："我是军人，又是军人的后代，服从命令是军人的天职。您常说，军人在战场上服从命令，是不讲任何条件的。我即刻返回部队。"父亲脸上露出满意的微笑，他用手轻轻拍着我的肩膀，意味深长地说："你既然选择了军人这个职业，就应该为这个国家，为这个民族义不容辞地赴汤蹈火，抛头颅洒热血。"他转身从酒柜里拿出一瓶茅台酒，斟满两个酒杯，递给我一杯。接着又扬起他那洪亮的嗓门，充满激情地说："塑造军人的最好形象是到战场上，接受炮火的洗礼、生死的考验。你会看到那些为维护祖国的尊严而奋勇杀敌的我人民解放军的风采！用你的笔，记录和讴歌他们的经典人生。儿子，那里才是你体验人生的最好地方。我想尽快看到你发自云南边防线上的报道。来，干杯儿子！"我们一饮而尽，真像"酒送壮士踏征程"。这时，我母亲和袁娜推门而入，我那当中学语文老师的母亲，此时的表情略显担忧，她一定知道了此事，"儿行千里母担忧"。我和袁娜的目光相对凝视了片刻，我本想把赴南疆的消息告诉她，袁娜却先开了口："我已报名参加赴云南前线医疗救护队，并获得了组织上的批准。"我怔住了，最后抱怨她：“战争让女人走开，那儿太危险，你怎么不先和我商量一下？”袁娜理直气壮地说：“因为我们是军人的后代，这是咱们的本分。”想不到平时娇里娇气的她，还有男子汉般的铮铮铁骨和豪气。“说得好！”袁伯伯操着洪亮的嗓门喊着走进了我家。两位老战士的目光交融在一起，充满着对晚辈的无限寄托。

袁伯伯一手拉着袁娜的手，一手拉着我的手，动情地说：“政委，后生可畏呀。相信他们不会给咱们这些打江山的老战士们丢脸的。”我父亲转身走进书房，拿来毛笔纸墨，即兴挥笔写下六个刚劲有力的字：勿忘军人本色。送到我手里，我和袁娜感受到了一个神圣的使命在向我们召唤！

我和袁娜告别了双方父母，乘我父亲的专车，当晚零时赶到了五岭山部队。

一周后，我随守备师加强连，袁娜随医疗救护队，乘坐空军运输机赶赴云南，来到了中越边境某101高地的山脚下，即刻投入了战前的准备工作。

群山峻岭中的101高地，自古以来就是中国的固有领土，也是兵家必争之地。一个时期，曾被越军无理抢占。1979年，我军发起自卫反击战结束后，这里成了双方军队争夺的焦点。101高地，地势险要，易守难攻。占据高地，群山尽收眼底。目前，101高地在我军控制之中。敌方投入精锐部队，数番进攻我方阵地。因为双方打的是拉锯战和消耗战，所以，101高地经常是炮声隆隆，火光冲天，战斗相当残酷。那天黄昏时刻，我随步兵加强连悄悄穿过敌方火力封锁区，登上101高地，接防在这里坚守半个月的某部战功卓著、享誉全军的“铁骨八连”。

上级给我连坚守101高地的期限是十五天。101高地正南，是一片不足0.2平方公里的开阔地，高地东西两侧是连绵起伏的山岭，山间森林茂盛、灌木丛生，陡岩峭壁，怪石横立，地形十分复杂，不宜我部队展开多兵种协同作战。敌方第三十二整编步兵团，分散在周围布防。该团在抗美作战中，依靠我国援助的武器装备，屡挫美军精锐部队，号称“常胜团”。

在101高地我后方地域，由我友军部队驻防。我军完全掌握了制空权，当越军向我发动攻击时，我军经常出动歼击机和轰炸机进行压制性威慑、打击和轰炸。狡猾的敌人调整了战术，他们的指挥员和士兵，都学习过我军的游击战思想，白天猫在掩体内或躲藏在山洞里，夜间派小股部队偷袭我方阵地，给我方制造了不少麻烦。

根据敌军作战特点，前线指挥部命令：我连白天稍作休整，以逸待劳，夜间投入战斗，痛击犯敌。连部设在不足八平方米的坑道内，战士们分散隐蔽在只能容一至两个人的猫耳洞中。

我蹲在坑道内昼夜撰稿，电传发送至军内报社。

袁娜所在的野战救护队，就设在101高地我方阵地背面山脚下。

一场残酷的战斗即将开始。

这天，天色阴霾，整个山巅被云雾笼罩着。突然，敌人一改夜袭手段，乘着大雾天气，向我101高地发起一波又一波的疯狂进攻。先是炮火集中轰炸，而后用大约一个营的兵力，从东西两侧向我101高地扑来。我连英勇还击，先后打退了敌军五次进攻，我方阵地岿然不动。交战中，袁娜随救护队穿过敌方炮火封锁区，到阵地上抢救伤员。想不到我们在战火中相遇了，我用照相机拍下了袁娜包扎伤员的情景。袁娜和救护队战友们用担架抬着伤员离开阵地时，我嘱咐她路上当心敌人的炮弹和敌人埋下的地雷。袁娜转过头，神色坦然，朝我说了句："还有三天，你们连队就要换下去休整了，别冒失，小心枪子儿。"

救护队抬着伤员迅速离开了前沿阵地，我望着袁娜纤弱的背影，渐渐地消失在林海里。我的心默默祈祷她能平安归队。

我连镇守101高地十五天中，共打退敌人八次连以上、营以下规模的进攻。敌军屡遭失败，无计可施，在阵地前丢下几百具尸体。因我连战术得当、武器装备精良、弹药充足、后勤保障及时，加上我空中对敌压制性打击和我地面炮火的全力支援，高竖在101高地上的"八一"军旗迎风飘扬。我连参战人员一百五十人，仅伤亡十四人，其中牺牲五人，重伤九人，以极小的伤亡代价，取得了101高地守备战的阶段性胜利。我撰写战地消息、通讯二十余篇，及时准确地向外界报道了我连官兵机智英勇、痛击来犯之敌的壮观场面和英雄事迹。

我连坚守101高地十五天后，于当日子夜撤离了101高地，该高地由南方某步兵连接防。

我风尘仆仆赶到前线指挥部报到。袁娜所在的野战救护队离前线指挥所相距五百米左右。第二天清晨，我急忙到救护队找袁娜，袁娜见了我，高兴得跳了起来。她把我拉到帐篷外的一棵椰子树下，我俩相互凝视着，又忍不住地打量着对方，双方的眼神似乎在告诉对方，我们没有辜负向父辈许下的承诺，作为军人，我们完成了任务。袁娜从兜里掏出一个日记本递给我，神秘地说：“你现在不能看，等你回到宿舍再仔细地看。”我告诉她：“我接到通知随连队返回东北五岭山部队。”袁娜说：“我也接到通知，随咱们步兵连返回部队。”我兴奋地抱起袁娜，在原地打转。此时，天空清澈碧蓝，爽爽的凉风吹拂着山野。我们开怀大笑，那笑声在山谷林间久久回荡。

我回到临时搭建的野外帐篷里，顾不得吃午饭，开始翻阅袁娜的日记本。她总共写了二十篇日记，每篇都饱含着对我的深深牵挂和往日情怀。其中一篇我看了后，不禁泪流满面。她在日记中这样写道：拂晓，101高地又响起了枪炮声，我的心随着那剧烈的爆炸声而担忧，我真的想守在你身边，用我的身体为你遮挡子弹。我梦见你负伤了，倒在绿色的灌木丛中，我四处寻找你，不停地喊你。我变得孤独和无助，我不能没有你……等完成了任务，我们一同到大学里进修，漫步在校园的梧桐树下。我畅想着有一天，我们手挽手走进婚礼的殿堂。我们的爱情曾经历过血与火的考验，那是我们人生中最精彩的一页……我喜欢五岭山上的绿色，还有山脚下那片绿色的军营。我特别想到山上那块青石板上坐坐，它记载着我们初恋时的激情……此时，泪水浸湿了我的衣襟。突然，不远处响起短促的枪声和手榴弹的爆炸声，随着紧急集合哨声，我军全副武装的官兵乘车风驰电掣般地向枪声方向驶去。前指的一位参谋告诉我，一股越军特工人员冒充我当地农民，突然袭击了我野战救护队。我大脑突然“嗡”了一下，心中暗叫

"不好"，大喊一声"袁娜"，朝救护队方向旋风似的跑去。

当我跑到野战救护队驻地时，战斗刚刚结束，十几名冒充我当地农民的越军特工全部被我军歼灭。我慌忙四处寻找袁娜的身影。我走进袁娜住的帐篷，里面空无一人，我拉住一位行色匆匆的女护士："袁娜在哪儿？"她指着一间帐篷告诉我："你快去看看她吧，她正在被抢救。"瞬间，一个不祥的预感笼罩着我。我冲进那顶帐篷里，眼前的情形让我呆住了，袁娜浑身是血倒在床上，双目紧闭。医护人员正在全力抢救，我扑到袁娜的身旁，大声呼唤她的名字。医护人员将我拉起，劝我一定要冷静。他们告诉我，二十分钟前，十几名越军特工混进救护队驻地，丧心病狂地向我医护人员和伤员开枪射击。袁娜听见院内枪响，抓起五四手枪，向欲要冲进帐篷的越军射击，她却不幸被敌人射来的一颗子弹击中头部，帐篷内的五名伤员都安然无恙。听罢，我声泪俱下，向医护人员哀求道："你们一定要救活她，她才二十一岁呀。"此时，我看到显示屏上，袁娜的心电图化成一条直线，血压归零。实施抢救的几位医生走到我面前，脸上挂满了泪珠，朝着我，无不遗憾地垂下了头。救护队队长，一位刚毅的东北汉子，哽咽着对我说："袁娜停止了呼吸，没有了心跳，我们已经尽力了。"此时，帐篷里空气异常凝重。

我迈着僵硬的脚步，慢慢走到袁娜身边，握着她那没有血色且冰凉的手，将脸轻轻贴向她的面颊。我情不自禁地哭着说："袁娜，我不相信这是真的，咱们不是约好了一起归队吗，你怎么留下了呢？你说你最爱五岭山的绿色，将来把咱们的家安在那儿。袁娜，都怨我呀，是我没有照顾好你呀！”此时，在场的医护人员都哭了，他们为失去一位风华正茂、青春如花的好姑娘而扼腕叹息。此刻，溪水在流泪，山川在恸哭。

我失去了心爱的人。那些日子里，我在极端痛苦中慢慢煎熬。我常常在梦中看见袁娜微笑着向我走来，她笑得是那样甜美，那样清纯妩媚。我欲拥抱她，她却一次次翩然而去，像嫦娥奔向遥远的月宫。

遵照袁伯伯家人的意愿，袁娜的骨灰安葬在南疆前线——一个四季如春、绿荫葱茏的山脚下，那里安葬着为保卫祖国南疆而英勇牺牲的我人民解放军官兵。袁伯伯说，让袁娜与和她一同献身的战友们同息共眠吧！

袁娜牺牲后不久，被上级追认为革命烈士。

多少年来，我苦苦追求生活中袁娜的替影，可是谁也无法替代，因为她是我心中永远的唯一！

我缓缓地、轻轻地站起身来，慢慢离开了那块青石板，我不想让往事再折磨自己。

下了山，我又回过头来，仰望绿色的五岭山，它显得如此巍峨与深厚。那里有我和袁娜相恋的足迹，也记载着我们新一代军人的理想。

如今，我已步入不惑之年，已娶妻，有了个可爱的女儿。十年前我转业回到了三江市。

我和袁理约定，明年是袁娜牺牲二十五周年，我们一同去南疆看望长眠在那里的她——那个让我终生思念的人！

上海1942

1942年上海。

这是一个炎热的盛夏。法租界就像与世隔绝的伊甸园，显得温馨而清静。环绕街区的梧桐树衬托着一栋栋法国古典式的花园洋房。法租界的市面布局、建筑风格充满着欧洲文艺复兴主义的色彩，雍容华贵、尊贵典雅。走在法租界的街区里，一幅洋派生活景象，街道两旁有犹太人开的烤肉店、食品店、珠宝店、皮鞋店、服装店，意大利人开的西药房和美容店，白俄人开的面包房、照相馆、音乐馆和舞蹈馆，法国人开的餐馆、画馆、咖啡馆、酒吧、电影院、教会学校，上海人开的百乐门舞厅，美国人和英国人经营的地产公司，浙江人开的西服店，文人开的报馆，上海艺人办的剧团及电影公司，上海黑帮经营的赌场、妓院和地下烟馆，日本人开的书店和德国人开的医院及诊所……凡此种种均彰显着居住这里的人们，悠闲的生活和特殊的地位。此时的法租界就像悬挂在空中的天堂楼阁，一个如同远离战火的瑞士小城。

法租界128号，一个古典的欧式洋楼。这栋洋楼的主

人名叫唐世博，四十六岁，圆圆的脸庞、高高的鼻梁、中等身材、不胖不瘦，戴着一副黑边金丝眼镜，举止温文尔雅，十足的学者风度。早年留学英国剑桥大学，获文学博士学位。抗战爆发前任北平燕京大学中文系教授。后受朋友之邀，在上海《申报》任副主编。1937年，淞沪会战后，《申报》被汪伪政权控制，唐世博愤然辞职，闲居在法租界。

这天是周日，唐世博仰靠在沙发上，读着当天的报纸。他看到的消息是触目惊心的：德国空军飞越英吉利海峡轰炸英国本土。德军海军潜艇在北大西洋又击沉一艘盟国商船。蒙哥马利元帅指挥英国远征军突破德军非洲死亡防线。有一则消息，使唐世博义愤填膺，日军昨日轰炸了陪都重庆，造成数千人伤亡。宋美龄女士亲赴现场和医院慰问难民、伤者。唐世博此时的脸色十分凝重，他望着窗外，长长叹了口气，心想，战争狂人们发起的战争，是在践踏人类文明，是在屠杀生灵，他们早晚会被送上历史的审判台。

佣人吴妈来到唐世博面前说：“先生，一个叫张凡的先生在门外要求见您。”唐世博马上精神振奋起来，手一挥说：“快，快请他上楼。”

一位身着长衫的男士走了进来，唐世博满面笑容迎了上去：“张先生，什么风把您吹来了。”“唐先生，好久不见，您近来可好吗？”相互寒暄了一阵后，张凡神色庄重地说：“我受左联几位领导的委托，有件重要的事情请先生帮忙。有位德籍犹太作家，名叫哈里森，因写了一部痛击希特勒法西斯暴行的小说《独裁者的末日》而受到纳粹德国的通缉。希特勒亲自签署命令，发誓在全球范围内将他缉拿归案。目前哈里森和妻子儿子在上海避难。您是进步作家，在文化界和教育界都很有威望。如果哈里森居住在法租界，易隐蔽，生活和工作也比较方便，我们想让哈里森全家暂时在您这儿住一段时间，不知唐先生是否接受？”唐世博沉思了一会儿后，语气十分坚定地说：“托尔斯泰曾说过，维护正义是所有善良人的本能。现在纳粹德国到处屠杀犹太人，搞种族灭绝，对外侵略扩张，其侵略魔爪遍及整个欧洲大陆。在纳粹德国建立的集中营里，成千上万的犹太人遭受非人的摧残，在战争的恐吓下，几乎没有哪个国家敢站起来，接受逃难的犹太人。而此时，深受日寇铁蹄践踏的中国政府和人民敞开了仁慈的胸怀，接纳了他们。听说在上海避难的犹太难民就有三万多人。”张凡说：“据可靠消息，纳粹德国已向日本外务省发出电函，怀疑哈里森滞留在中国上海，请求日本军方协助将其引渡回德国本土。”唐世博不以为意，说：“我是左联成员，也是一个有良知和正义感的作家。你转告组织，尽快请哈里森先生搬到我家来住。”张凡站起身来，激动地握紧唐世博的手说：“谢谢您！”张凡临走时还告诉唐世博，外滩黄浦江边的香客茶楼九号间，是他们两个的联络地点。

傍晚，唐世博的妻子李洁明领着十岁的儿子唐子同从外面回到家里。一进屋，她就兴致勃勃地对唐世博说：“世博，今天我们看了美国电影《南方的假日》，真好，那绿色的田园风光真美呀！那是一个没有硝烟的天堂国度。”儿子唐子同冲到父亲的怀里，说：“我喜欢喝美国的可乐。”“好，爸爸明天给你买。”唐世博抚摸着儿子的头说。

唐世博与妻子李洁明都是苏州人。李洁明出生于书香门第。她父亲李汉知是清末举人，早年留学日本，留学期间与孙中山相识，是早期同盟会成员。回国后，李汉知参与组织了武昌起义，后又流亡日本、新加坡，继续参与组织反清活动。与孙中山、黄兴、廖仲恺、胡汉民、宋教仁是挚友。李洁明从小受父亲进步思想的影响，追求新潮，崇尚西方文化，中学时期结交了同班同学唐世博，两人情投意合。唐世博出身于茶商世家，其家在苏州城经营的“富春茶行”是有百年历史的老字号，在江浙一带享有盛誉。1922年，唐世博以优异成绩考入了北京大学中文系，而李洁明考入了天津的南开大学考古专业。大学毕业前，两人已私订终身。1928年唐世博考入英国剑桥大学，李洁明随其前往。在伦敦郊外一个叫狄斯克的美丽如画的乡村小镇教堂里，按当地习俗，他们举行了简短的西式婚礼。唐世博回国后担任北平燕京大学中文系教授。李洁明在北平故宫博物院任职，专研唐宋字画和瓷器。

晚饭时，唐世博亲自下厨特意做了一道妻子爱吃的烤羊排和沙拉草莓。李洁明高兴地说："世博，你还记得我们在爱尔兰度假，乘着游船，欣赏当地的自然风光，品尝爱尔兰的烤羊排，吃着当地的龙虾，心情好极了！"唐世博端起一杯法国红酒，一饮而尽，意味深长地说："咱们刚从爱尔兰回到伦敦，德国人就轰炸了爱尔兰。"李洁明叹了口气说："战争夺去了多少无辜人的生命，又使多少人无家可归呀！"儿子子同吃罢饭回楼上温习功课去了。唐世博轻声轻语对妻子说："我有个重要的事情想和你商量一下，我想你一定会同意的。"唐世博故意放慢了语气，两眼注视着妻子的表情。李洁明说："你看你，有什么大不了的难事，还值得你绕圈子。""是这样，左联的同志介绍一位犹太朋友到咱们家住一段时间，这位朋友叫哈里森，因他写了一本痛击希特勒的书《独裁者的末日》遭到纳粹德国的通缉。目前，他和家人正躲在上海，德国人已经知道哈里森躲在上海，他们请求日本军方协助将其缉拿归案。左联领导考虑，让哈里森到法租界居住，相对安全一些，日本人也不敢大张旗鼓地搜查。他们觉得咱们家的条件比较合适，所以，想让哈里森一家暂时到咱们这儿住一段时间，我答应了他们。洁明，你不反对吧？"李洁明缓缓起身，走到唐世博身边，手搭在他厚实的肩上，没有丝毫犹豫，平静地说：“赶紧让哈里森先生一家过来住吧。”唐世博紧紧握住妻子的手，心头涌起无限的感激。

第二天，风和日丽，艳阳高照。一辆福特牌轿车驶进了唐世博家的院内。坐在司机旁的张凡首先下车，转身打开了后门，早已站在院子里等候的唐世博全家赶忙迎了上去。哈里森和家人满面春风地走下汽车。唐世博夫妇与哈里森夫妇用英语互致问候。哈里森说：“非常感谢唐先生和夫人给我们提供如此尊贵而又体面的居住环境。”哈里森身着西服，两腮留着厚厚的胡子，中年的他很像十九世纪欧洲文人的打扮，头戴礼帽，左手拿着文明棍，右手指叼着雪茄。多日之后，子同称哈里森为“大胡子叔叔”。

唐世博与哈里森都是文化之人。唐世博十分敬佩哈里森的见识与为人。哈里森年轻时就参加了德国民主运动，是倾向于共产党的报纸——《德国时报》的创始人之一。他们两人思想上有很多相似之处。哈里森称唐世博“是中国有民主思想的文学家，是相见恨晚的兄弟”。唐世博称赞哈里森是“反法西斯独裁的坚强斗士”。哈里森夫人尤里女士是个典型的知书达理、相夫教子型的犹太妇女。

这天晚上，李洁明为哈里森一家准备了丰盛的中西晚餐，有烤羊排、卤牛肉和中国传统的汤圆、上海的卤鸭、阳澄湖的大闸蟹。唐世博举起盛满法国红酒的酒杯激情地说：“我代表我们全家，欢迎哈里森先生及夫人、孩子到我家做客。希望你们在我们家过得舒心愉快。”说罢，他与哈里森碰杯畅饮。哈里森一家人百感交集。席间，哈里森反复陈述内心的感激，说：“在我们犹太民族遭受人类历史上最残酷浩劫的时候，是伟大的中国人民，在遭受日本帝国主义野蛮侵略的情况下，向我们伸出了友谊之手，接纳了我们。上帝会恩赐你们的，我们犹太民族将永远记住中国人民的崇高美德！”

李洁明想得很周到，将哈里森夫妇的睡房安排到二楼正南的大卧室，他们的儿子拉贝尔安排在大卧室的侧房。李洁明告诉保姆吴妈要严守机密，不要向外面透露哈里森一家的情况。吴妈是靠得住的，因为她是李洁明老家的远亲，对主人很忠诚，是个规规矩矩的老实人。李洁明还向吴妈详细交代了犹太人的饮食习惯，提示她菜谱多加些他们民族喜欢吃的菜肴。

外滩806号，日本驻沪宪兵司令部。二楼201房间是日本特务机关上海特务头目高原正南大佐的办公室。这个高原正南一副扁平的身材，光秃秃的头顶还残留着几丝凌乱的白发，此人头脑敏捷，多年的特工工作使他养成了多疑小心的性格。他的两只贼溜溜的眼睛，就像夜晚的猫头鹰，时刻寻找着猎物。这个年过半百的日军高级特工，是日本军界的情报老手，他曾与土肥原贤二策划过九一八事变，为日本关东军提供过大量有关东北军调动的情报，是十恶不赦的侵华元凶。

情报室主任吉田滕二中佐，拿着电文行色匆匆走进201房间，对高原正南说：“大佐阁下，东京大本营密电。”高原正南看完电文没有作声，吉田滕二说：“大佐阁下，这是大本营为此事发来的第三封密电了。”高原正南有些无奈地说：“吉田君，德国盖世太保们对他们元首的忠诚是无可挑剔的，他们请求我们在中国抓捕哈里森这个政治犯，现在有点不合时宜。太平洋战争爆发后，由于美国的参战，局面已不比过去了，中途岛一战的失利，日本海军已一蹶不起。而我陆军在中国北防苏联、南攻蒋介石，战线过长，力不从心，哪有心思顾及他国事情。但日本与德国是轴心国，双方有外交引渡条约和战时合作条约，我们还应遵照大本营的指令行事。迅速查清哈里森目前的去向。”“大佐阁下，据我们现在掌握的情报，哈里森极有可能躲避在上海，我们分析他最有可能藏在租界。”吉田滕二中佐汇报道。高原正南望着挂在墙上的上海市地图，手指着一条红色曲线，画了一圈说:“严密监视和搜查租界内所有民宅和公共场所，尽快将哈里森缉拿归案，向大本营交差。”“哈以。”吉田滕二中佐向高原正南大佐敬了个标准的军礼后，离开了201房间。

吉田滕二，三十四岁，毕业于日本帝国陆军学校谍报专业。七七事变前，他的身份是日本驻上海领事馆三等秘书，以合法的外交官身份作掩护，出入北平、南京、天津、奉天、内蒙古，专门收集我国和苏联远东军军事情报。此人身材魁梧，帅气十足，戴着黑框眼镜，一副斯文学者形象。会说一口流利的汉语，对中国文化也颇有研究。他诡计多端，善于思变，是日本军界新一代情报高手。

吉田滕二立即召集手下人部署搜捕哈里森的计划。他将搜查的重点指向了法租界。近些天加紧了对出入港口、火车站和租界外国人的盘查。

李洁明是个精细之人，她亲自带着吴妈到商店采购，买些哈里森家人喜欢吃的食物和穿的衣服。由于唐世博和李明洁的精心照顾，哈里森一家人十分感动。唐世博常常和哈里森聊到深夜，从欧洲的古罗马文学到东方的丝绸文化，以及现在的欧亚战事，无所不及。两人有些思想和观念十分贴近。哈里森非常崇拜曾国藩，称他为中国近代的“孔圣人”，他的儒家思想堪称东方思想的精华。哈里森对中国书法也很感兴趣。茶余饭后，唐世博常教他练习书法。

这天早晨，天气有些阴凉，时不时落下几滴雨珠。一阵刺耳的警笛声，划破了宁静的租界。两辆满载日本宪兵的军车驶进了租界区。吉田滕二跳下汽车，向宪兵队长发布命令：“封锁所有道口，搜查所有住宅。”几名法国巡捕闻讯跑了过来，吉田滕二傲慢地对他们说:“奉大日本驻上海宪兵司令官命令，我正式通知你们巡捕房，有一个叫哈里森的国际要犯，很可能藏在租界，这个人对我们很重要。”法国巡捕忙点头哈腰迎合道:“我们完全服从占领国军队的要求，你们可随意搜查。”日本宪兵开始搜查所有路人和住宅，整个法租界顿时笼罩在恐怖之中。那时的法国政府，已经成为纳粹德国的傀儡，而为德国轴心国的日本，当然不会理会法租界的任何限制。日本人的心理，法租界巡捕房自然心知肚明。

吴妈刚要出门，打算上街买菜，却发现日本人正逐家搜查，便赶紧告诉了唐世博夫妇。唐世博琢磨，日本人敢在光天化日之下，大张旗鼓闯进租界搜查，这里一定有文章，他预感，很可能是冲着哈里森来的。情况不妙，他果断通知哈里森全家到地下室躲藏。这个地下室过去是个酒窖，经过加工改造后，十分隐蔽，不易发现。

这时，一阵急促的敲门声响起。日本宪兵来了。吉田滕二带着十几个日本宪兵，大摇大摆地进了院。唐世博迎了上去。“唐先生，您好，打扰了。我是日本宪兵司令部的吉田滕二中佐。我们知道阁下是燕京大学的教授，中国的文化名人。现在，我们正搜捕一名国际要犯，据我们掌握的消息，他可能隐藏在这个租界里。真是不好意思，我们要搜查您的住宅，打扰了。”吉田滕二故作礼貌地说。唐世博装作若无其事的样子说：“请便吧。”但他心里却慌得厉害，万一日本宪兵发现了哈里森，我就成了历史的罪人了呀！日本宪兵从楼上到楼下，里里外外搜了个遍，还好，没有发现什么破绽，就迅速离开了。离开时，吉田滕二对唐世博说：“我对中国的国学很感兴趣，有时间我一定到您府上向先生讨教。”唐世博说:“不敢当，不敢当。”

自从日本人搜查租界后，唐世博夫妇和哈里森家人饮食起居更加小心了。日本人在租界各个路口都设立了岗哨，昼夜盘查。租界内经常看到一些鬼鬼祟祟的人在街道宅院左右转悠，他们是吉田滕二手下的日本特务。狡猾的吉田滕二命令特务们死死盯住租界内犹太人的商店，发现有人经常购买其食品，便尾随其后，看准住处，寻找可疑之点。租界内所有的商店、道口、娱乐场所，到处张贴着通缉哈里森的布告和其本人的照片。

唐世博心想，看来日本人是铁了心要抓捕哈里森。他提醒哈里森千万小心，半步不能离开地下室，日本宪兵如同嗅觉灵敏的狗，无孔不入。哈里森是个坚强的汉子，他对唐世博说:“德国纳粹党徒，杀了我的哥嫂和两个妹妹，但丝毫动摇不了我反法西斯独裁的意志。我反倒担心因为我而牵连了你们。”“放心吧，我一定想办法，躲过日本人。”唐世博紧紧握住哈里森的手说。

此时，左联的同志们也已经知道了日本人在租界内大肆搜捕哈里森，正在研究计划将哈里森转移到云南西南联大或四川重庆，逃出日本人的魔爪。

这天，高原正南将吉田滕二叫到他的办公室，将他严加训斥了一番，对他迟迟找不到哈里森的蛛丝马迹极为不满。并向他透露，东京日军大本营对他们的工作颇有微词。他要求吉田滕二十天内将哈里森缉拿归案，移交德国。

吉田滕二预感到此案一定是惊动了帝国首脑级人物，不然，不会三番五次电催此案。被逼到墙角的吉田滕二，此时就像一条垂死的恶狗。吉田滕二几近疯狂，他下定决心，就是掘地三尺，也要把哈里森抓到手。他威逼租界巡捕房对租界实行宵禁。此时，他接到密报，法租界128号人家行动可疑，其女佣人经常到一家犹太人商店购买食物。吉田滕二下令宪兵队立即封锁该住宅。

这天早晨，唐世博起得很早，他像往常一样推开窗户，观望外面的景观，意外看到自己家院外四周站着十几个荷枪实弹的日本宪兵。他预感情况不妙，难道是谁走漏了消息？还是日本人发现了什么破绽？他立即通知密室内的哈里森夫妇和自己家人做好应急防备。没过多时，门铃响了，唐世博示意吴妈开门。吉田滕二身着一套灰色西装，独自一人走了进来，表情显得很斯文，未等唐世博开口，吉田滕二假惺惺地笑着说：“先生，我是特意登门向您讨教贵国国学的呀。您不会拒绝吧？”唐世博寻思着，这个小日本是够狡猾的，他是黄鼠狼给鸡拜年，没安什么好心。唐世博不冷不热地说：“哪敢，哪敢，您高抬我了。我唐世博只不过多读了几本孔孟之书，才疏学浅呀。屋里请！”落座后，李洁明身穿旗袍，落落大方地从楼上走下来，姿态尊贵优雅，镇定自如。唐世博向吉田滕二介绍道:“吉田先生，这是我的内人。”吉田滕二哈腰致敬，说:“您好，夫人。”李洁明故意奉承吉田：“您的中国话讲得非常标准，而且带有普通话的韵味。”吉田滕二听后，顿时显得很得意：“夫人，您过奖了。”吉田滕二用手支了支眼镜，仔细打量一番李洁明，心想，她是一个知书达理、有心计的女人。李洁明从吴妈手中接过刚沏好的茶放到茶几上说：“吉田先生请喝茶。你们慢慢唠。”说罢，便离开了客厅。

吉田滕二对孔子、孙子、曾国藩略知一二。他说：“孔子对日本的治国理念影响很大。你们的《孙子兵法》是我在日本陆军军官学校时的必修课。”唐世博说：“《孙子兵法》的精髓可用四个字概括：诡、机、谋、变。”吉田滕二伸出大拇指感叹道：“唐先生对《孙子兵法》也颇有研究，敬佩，敬佩。”唐世博向吉田滕二讲述了中国儒家思想的博大精深。吉田滕二认真观察着唐世博的语气和表情，想从中找出他想要的答案。吉田滕二心中暗暗思忖着，唐世博是一个博学正统而又十分难缠的中国知识分子，城府极深。作为一个有影响的中国职业作家、学者和报人，从道义上讲，同情有自由民主思想的作家哈里森并将其收留在自己家中，应该说合乎情理。那他将哈里森藏在了什么地方呢？吉田滕二不时环视这栋房子。唐世博此时在琢磨，吉田滕二不愧为日本的职业特务，阴险狡诈，不动声色绵里藏针。他在和我兜圈子，想从我的语气和表情里找出蛛丝马迹。的确，吉田滕二是个沉稳老练的侦探专家，他从与唐世博谈话中深切体会到，唐世博是爱国心极强，有傲骨，有同情心的中国文人。对这样的人，只能智取，不能硬逼。况且目前他手里还没有确凿证据证明哈里森就窝藏在他家里。吉田滕二深知，上海是亚洲乃至世界金融和商贸中心之一，人称“东方巴黎”，有外国租界和外国领事馆及名目繁多的外国商社、商贸公司。日本的进出口贸易，自十八世纪以来，在亚洲相当程度上依托于上海这个天然良港，这里和东北的大连一样成为日本吞食亚洲的跳板和基地。上海这个地方名流云集，黑社会性质的帮会横行街市。同时，上海又是国际政治军事情报交流的中心，美、英、日、蒋介石政府和汪精卫政府谍报机关及中共地下党组织均在这里设置了强大的情报网，收集有价值的情报。因此，日军占领上海后，采取安抚与强治的怀柔政策，逐步进行经济、文化、生活的渗透，进而达到殖民化统治的目的。

吉田滕二笑呵呵地站起身来说:“唐先生，今日之谈，吉田受益匪浅，我有任务在身，就不再打搅了，改日再请您赐教。”唐世博说:“吉田先生客气了，以后有机会我也想听听您的高见。”

送走了吉田滕二，唐世博和李洁明预感到情况十分危急，日本人一定察觉到了什么，哈里森处境危险，应该马上转移，刻不容缓。

唐世博发现，他家的楼前院外没有了穿军服的日本宪兵，也看不见溜溜达达、贼眉鼠眼的日本便衣特务。他觉得有点蹊跷，诡计多端的吉田又要耍什么鬼把戏？

唐世博琢磨着，应马上与左联的同志取得联系，研究如何迅速转移哈里森全家。他心急火燎地穿上长衫，出了家门，坐着人力车快速奔向外滩香客茶楼。一路上，他隐隐约约地感到后面有辆人力车尾随，他在外滩周边东绕西绕，机智地甩掉了跟在后面的人力车来到了香客茶楼九号间，逢巧，遇到了张凡。张凡说："这几天，我天天在这里等您。"唐世博又惊又喜，说："我正好要找你。"张凡说："您的处境我们都知道了，正想办法和您联系。我无法与您通电话，担心日本人窃听。那天我去您家时，发现您家门口有几个日本特务在盯梢，觉得事情不妙，没有冒失地去您家，随后我把这个情况报告给了左联领导，我们又从内线提供的情报得知，日本人已经怀疑哈里森住在您家。"张凡告诉唐世博："左联领导已经与中共地下党取得联系，请新四军同志前来解救。目前，新四军的同志已经秘密潜入上海待命，准备扮成日本人到您家接走哈里森。如果日本人发现哈里森离开上海，肯定会迁怒于您全家。我们决定，你们两家同时离开上海秘密搭乘一艘日本商船，出吴淞口，到宁波港后，走陆地再到重庆，最后转到西南联大。一路上都由新四军的同志护送，您放心吧。"听了张凡这番周密安排，唐世博的心里终于有了底。他长长吐了口气，危急中他看到了光明。张凡最后告诉他："新四军同志明晚八时到您家，将你们转移出去，你们要事先做好准备。"

这天晚上，高原正南在自己的家里与吉田滕二饮酒小聚。两人都穿着和服，显得十分休闲的样子。他们喝着北海道酿造的清酒，品尝着从家乡日本空运过来的上等的三文鱼。高原正南说:“吉田君，目前的战事对帝国极为不利呀。太平洋战事吃紧，日本海军本想在太平洋打开一条输油航线，目前看来那只是一个神话，美国佬是那么好惹的吗？！山本五十六大将的最初意图未免太天真了，他把日本海军拖进了无底深渊。太平洋战事后，参谋本部从中国先后抽走了三个师的精锐师团。目前，参谋本部用兵上显得捉襟见肘，力不从心，不得不重新调整对华东、华北和山东的进攻策略。目前中国战场我军与敌军形成了相持状态。然而，大本营参谋本部中有些人却极力推崇向中国南部大纵深进攻的战略，并动意关东军向苏联进攻。我军南面有蒋介石部队的阻击，我们的后方有八路军和新四军的游击骚扰。苏联在远东有百万重兵镇守，其装备、作战素养远远高于我大日本关东军。若想与德国联手阻击苏联，绝非易事。近几年，关东军在北满边境对苏联的几次试探性进攻都出师不利，损失惨重。我想参谋本部进攻苏联并占领远东的设想恐怕难以实现。帝国军队在南洋作战也遭遇到中国远征军的阻击。目前，整个战局对大日本帝国极为不利。”说到此，高原正南长长地叹了口气，显得一脸的无奈，他仰脖饮干一杯清酒，话锋一转，说：“我们对付中国人都忙不过来，哪有心思去替德国人操心。可参谋本部的电讯，我们岂敢违抗不遵。”吉田滕二说：“我非常理解大佐阁下此时的心情。其实，参谋本部不得不考虑外交上的利益。为了帝国的荣誉，我甘愿效犬马之劳。据我的情报人员探查，法租界128楼疑点很大，其家佣人时常到犹太人开的商店购买日用品和食物。目前，这栋楼房已被我严密控制。该房主人叫唐世博，曾为北平燕京大学教授，是中国有影响的文化名人。”高原正南半信半疑地望着吉田，说:“你有多少把握?”吉田滕二底气十足地说:“以我多年的侦查经验判断，我敢肯定，唐世博一定与哈里森有联系。”“好！吉田君，你不愧是大日本帝国的情报高手。你要加速侦破此案，缉拿哈里森，手段要强硬。”“哈以，遵命，大佐阁下。”吉田滕二一副胸有成竹的样子。

一个阴险狡诈的计划，在吉田滕二的脑海中已经形成，他要采取“诱捕”方式，逼唐世博就范，挖出哈里森。

第二天一早，吉田滕二登门128号，将一张请柬亲自送到了唐世博手里，并说:“高原正南大佐想亲自约见您，交个朋友。请唐先生今晚一定赴会哟。”吉田滕二露出一脸狡黠的神色。

吉田滕二走后，唐世博心知大事不好，意识到这是吉田滕二下的最后通牒。这岂不是搅乱了今晚组织上接走哈里森的计划？李洁明接过丈夫手中的请柬，看了又看，她预感到日本人一定察觉到了什么，吉田滕二这个小日本今晚摆的是鸿门宴，世博若去一定是凶多吉少呀！她紧紧抓住丈夫的手说:“世博，你还是不去吧。”唐世博抚摸着妻子的背，语气十分坚定地说:“去，像君子一样大方大度。不去，日本人会更加怀疑我们。”唐世博贴近妻子耳边吩咐她，做好今晚哈里森的转移工作。

下午四点，吉田滕二派车接走了唐世博。李洁明眼含泪水，依依不舍地目送丈夫离去的身影。约一个小队的日本宪兵封锁了128楼。

高原正南在他的宅子里，为唐世博摆了一桌丰盛的晚宴，还请了两名日本艺妓陪酒跳舞。

高原正南和吉田滕二两人都穿上了和服，摆出一副亲善友好的模样。唐世博已经意识到，自己恐怕是无法脱身了，索性与这两个日本鬼子周旋吧。高原正南喝得兴致勃勃，谈起了他的家乡："我的家乡是日本的千叶县的一个小渔村。我是早稻田大学毕业的，靠父亲打鱼赚钱，念完了大学。我学的专业是物理，我的理想是当一名教师，可刚毕业，就被帝国陆军征召录用。不久，又被送到陆军士官学校进修，你们保定陆军军官学校校长蒋百里将军，就是我的同学，当年他是日本陆军士官学校最优秀的学生。在中国，他是一位令人尊敬，有骨气，有爱国之心的将领。我弃文从武，那是遵循天皇的旨意，为帝国的繁荣，为在支那建立王道乐土而献身军界。其实，你我都是读书之人，咱们是同路人嘛。"唐世博冷冷一笑，说："世人博善，仁爱最重。做学问搞教育，最怨忌的是杀戮。"高原正南大笑起来："人各有志，各为其主。我们是为了大东亚共荣圈的利益而来到中国，共同追求和平繁荣的亚洲大家庭。"唐世博反驳道:"你们所谓的共同繁荣，就是用无辜中国人的鲜血来证明的吗？你们制造的九一八事变、七七事变、南京大屠杀，就是你们一贯倡导的王道乐土？！这是一切做学问的人所不齿的。"高原正南听罢顿时一脸怒气，手不停地抚摸着他那缕圆圆的仁丹胡子。他将两个浪里浪气的日本艺妓轰了出去。高原正南这个老牌的日本特务，此时，已断定唐世博是一个具有爱国心、有正义感的中国知识分子，他极有可能收留过哈里森，或许他还与重庆方面或中共地下党有联系。高原正南终于亮出了底牌，说:“唐先生，我有一个买卖，希望您能跟我们合作一下，事成后，五五分成。这是一个非常诱人的大买卖，只要您能诚心与我们合作，您不用动用一分钱，提供一条信息就可以了。这可是一本万利的大买卖呀。”唐世博思忖着，这个老狐狸开始试探我了。他望了望挂在墙上的时钟，此时8点10分，组织上转移哈里森的计划应该启动了。他故意与高原正南兜圈子，说：“大佐阁下，我一介书生，谈古论今，摆弄笔墨，略有兴趣。谈生意，我一窍不通。”高原正南心想，他竟然跟我装起了糊涂。在一旁不动声色的吉田滕二接过话茬说:“其实，高原大佐的意思是，有件重要的事情请唐先生配合。”唐世博故作一惊地说:“你们高看我了，我能帮你们什么忙呢？”吉田滕二瞧瞧高原正南，两人的目光汇交在一起。高原正南朝吉田滕二点了点头。吉田滕二马上收起了微笑，十分严肃地对唐世博说：“据我们掌握的情报，你与一个我们要抓的国际要犯有联系。”此时，屋内的空气似乎凝固了，令人窒息。唐世博与高原正南、吉田滕二的目光对视着。唐世博一言不发，以沉默应对他们的问话。吉田滕二继续说：“我想，我们没有必要费那么多口舌，你也不要再跟我们兜圈子了。中国有句俗语叫作‘识时务者为俊杰’。目前，我们已经掌握可靠证据，那个要犯就藏在你的家里。他是德国在全球通缉的国际要犯，名叫哈里森。”说着，吉田滕二拍了两下手，随后，一个日军下级军官拿着一个牛皮纸档案袋递给了吉田滕二。吉田滕二将档案袋打开，拿出几张照片放在唐世博面前，有几张是哈里森本人及家人的照片，其中有一张是吴妈在犹太人开的商店里购买食品。吉田滕二拿着吴妈的照片说：“一个吃惯了中餐的中国人家，怎么突然改变口味，吃起了犹太大餐？唐先生您能解释一下吗？”唐世博反问道:“这能说明什么呢？”吉田滕二猛然从座位上站起身来，目光凶恶地盯着唐世博说：“上次我到你家做客时，我发现你家客厅墙角处放着一支手杖，上面雕有鹰的图案。那是德国豪克公司的标志，全球独此一家。他的主人应该是有绅士风度的德国籍犹太人吧？！”唐世博听罢，顿时懊悔不已，心想，我太疏忽，太大意了，哈里森的手杖我怎么忘了藏起来呢？唐世博装作一副无可奈何的样子说：“吉田先生，我非常佩服您的想象力。您似乎在描述一个童话般的故事。”高原正南冷笑了两声，说:“够了，我们的忍耐是有限度的，我现在就可以命令我的士兵搜查你家。”“报告！”一个日本军官匆匆进屋走到高原正南身边，贴着他的耳根低声嘀咕了几句。随后，高原正南带着疑惑问吉田滕二：“吉田君，你派人到128号抓捕哈里森了吗？”“我一直派人严密监视，没有下令抓捕。”吉田滕二回答道。高原正南一听，霎时怒气冲天，对吉田滕二喊道:“坏了，有人竟敢冒充皇军将哈里森接走！我命令你立即通知宪兵队，封锁车站、码头及所有交通要道，并报告皇军驻沪司令部，请求海军派舰船排查近海出入港口的所有可疑船只。”他转身一把抓住唐世博的脖领，气急败坏地吼叫着:“八嘎，你的良心大大地坏了。你竟敢戏弄帝国皇军。”吉田滕二逼近唐世博，面目狰狞，他问唐世博:“快快告诉我，是什么人将哈里森接走的？”唐世博紧闭双目，一言不发。他心想，太好了，哈里森和洁明他们终于按计划离开了128号。只要他们能平安离开上海，逃离虎口，我死而无憾了。高原正南命令几个日本宪兵将唐世博押进了监狱。

吉田滕二安慰高原正南说:“大佐阁下，我马上带人追捕。”吉田滕二离开后，高原正南觉得到手的大鱼，就这么轻而易举地溜掉了，是帝国军人的莫大耻辱。他一气之下，将一桌的酒菜掀翻在地。

按照原计划，我新四军和上海地下党组织的同志假扮成日军驻沪司令部官兵，通过内线从汪伪机关弄来一台警车，换上日本军车的牌照，伪造日军驻沪司令官的手谕，骗过在128号门前监视的日本宪兵和特务，将哈里森一家和李洁明、唐子同还有保姆吴妈安全转移出来。他们事前已经预估到，日本人肯定会封锁水路和火车站，他们先在上海市郊，一个新四军秘密的地下交通站，暂避了几天后，放弃水路，改走陆路。一路上，由新四军首长指定一个班的战士护送，他们历经艰险，长途跋涉，巧过多道日军封锁线，两个多月后，终于到达了目的地——云南西南联大。

高原正南和吉田滕二万分懊悔，哈里森从他们眼皮底下溜走，日本大本营情报机关对他们的失职极为不满，来电多次严加训斥。他俩将怨恨一股脑儿地发泄到唐世博身上。他们怀疑唐世博为重庆军统服务或是亲共分子，多次对他施以酷刑。日本人将他视为政治犯。半年后，他们将他秘密押送旅顺关东军监狱，唐世博身心受尽折磨和摧残。1945年，苏联红军进驻旅顺，将狱中已奄奄一息的唐世博解救出来。

抗战胜利后，唐世博在上海终于与家人团聚。

新中国成立后，唐世博和李洁明同在南方某大学任教。

第二次世界大战结束后，哈里森携家人定居以色列，继续从事写作工作。他曾撰写一本书《中国岁月》。书中热情歌颂和怀念中国人民对他和家人的深情厚谊和无私帮助。

1944年年底，高原正南在参加一个秘密军事会议后，返回住所途中，被重庆军统特工击毙。

因吉田滕二参与刺探苏联远东情报活动，1945年，日本投降后，被苏联红军押送到苏联收审。终被苏联远东军事法庭以颠覆罪，判刑二十年。1956年，苏联方面将吉田滕二发送到我国辽宁抚顺日本战犯管理所继续服刑。六十年代中期，吉田滕二刑满释放，结束改造，返回日本。中日邦交正常化后，八十年代末他来到当年日本战犯抚顺管理所纪念碑前，跪地向中国人民谢罪！他坦言表示，中日应该世代友好，永不再战！

1985年夏，唐世博的儿子唐子同接到外交部门的一个电话，告诉他，一个以色列人要求见他。

这位以色列人不是别人，正是哈里森的儿子拉贝尔。拉贝尔与唐子同相见时，热情拥抱，双方都留下了激动的泪水。由于种种原因，两国之间失去了几十年的交往，也阻隔了唐世博与哈里森两家之间互相探询的愿望。

历史已经翻到新的一页，然而，唐世博夫妇和哈里森夫妇都已相继过世，情感上留下太多的遗憾。

这天，唐子同偕拉贝尔一同来到上海万国公墓。唐世博和李洁明夫妇安葬在这里。拉贝尔将一束鲜花和哈里森生前写作出版的《中国岁月》一书庄重地放在他们墓前。拉贝尔双手合十，为两位恩重如山的中国长辈默默祈祷着，他流着眼泪，无限深情地说:“尊敬的两位长辈，我代表父亲哈里森，母亲尤里和我本人，向你们致以最真诚的谢意。谢谢你们在那最不幸的岁月里，保护了我们一家人。这是我父母生前最大的夙愿，一定要到中国上海当面致谢。”

历史过去六十多年，在第二次世界大战中，仅上海一地，从1933年到1941年，先后接纳三万三千多名来自欧洲的犹太难民。1941年12月珍珠港事件发生时，仍有两万五千名犹太人在上海避难。档案显示“当时中国接纳的犹太难民比加拿大、澳大利亚、新西兰、南非和印度难民的总和还要多”。在全世界许多国家慑于纳粹德国法西斯军事威胁，拒绝犹太难民入其国境避难的时候，正在遭受日本野蛮侵略的中国政府和人民，用宽厚仁慈的胸怀接纳了犹太人，在极端险境和困苦的情况下，为他们提供人道主义帮助，甚至献出了鲜血和生命，彰显出了中华民族无私无畏的美德和人性的崇尚。

在以色列为第二次世界大战犹太人遇难而建的纪念馆里，有一个纪念碑，上面刻写着：“中国人，我们不会忘记你们的恩！”

以色列没有忘记！犹太人没有忘记！

情　怨

1916年年初。

鱼米之乡的江西小镇柳河湾，有个富甲一方的商户人家，主人叫郑明贵，年逾五十。其家在乡下有万亩良田，镇上有三个经营丝绸的店铺，他家住的大宅院是明朝万历年间建的，曾经几次翻修过，1901年，宅院原主人携家带口去了南洋经商，就将它卖给了郑明贵。这个深宅大院有大小房间一百多间，丫鬟佣人几十人。郑明贵生有二子，大儿郑尚德今年三十岁，跟父经商；小儿郑尚武今年二十岁，去年考入了云南讲武堂步兵科。这个郑尚武长得英俊威武，仪表堂堂，一双炯炯有神的眼睛，透出刚毅，气质不凡。这天，郑尚武从云南匆匆返回家里，寸步不离宅院。原来，郑尚武在云南讲武堂学习期间，接受新思想，加入了孙中山领导的革命党。1915年12月，袁世凯下令取消民国，恢复帝制，激起了全国人民的愤怒声讨，郑尚武毅然跟随蔡锷将军参加了讨袁护国战争。讨袁初战四川泸纳失利，部队被打散，他孤身潜回家乡，躲避袁军的追杀。

那天，郑尚武在院内散步，迎面走来一个十六七岁模

样的女孩。但见这个女孩身材娇小，面容清秀，细细的柳叶眉，杏眼樱唇，瓜子脸，黑粗的辫子垂到腰间，真是个典型的江西美女。郑尚武看呆了，忽然又觉得眼熟，似乎曾经见过。他叫住姑娘："姑娘，你叫什么名字？觉得你很眼熟啊。"姑娘认得他，说："你是郑家的二少爷吧，我是娟子。""娟子？"郑尚武口中念叨着，他想起来了。"对了，你是李妈的女儿。"娟子朝他点了点头，抿嘴一笑，便转身离开了。李妈是郑家的佣人，娟子小时候经常出入郑家大院，与当年儿时的二少爷一起玩耍过。

这天，郑尚武来到李妈的住处，逢巧，娟子也在屋里。二少爷的到来，李妈有些不知所措，忙让座、沏茶，娟子倚在床角处低头不语。郑尚武有意讲一些与娟子小时候在一起玩耍的事情，试图消除与娟子间的陌生感。郑尚武还讲了许多新鲜的事情，娟子静静地听着，还不时地插话，问这儿问那儿。

打那以后，郑尚武常到李妈住处找娟子，还时不时地送些食品和衣物，李妈有些担心就劝娟子："娟子，二少爷身份和咱不一样，人家是富人子弟，你大姑娘家的千万小心啊。"娟子不屑一顾地说："妈，俺觉得二少爷这个人挺好的，没有一点少爷的架子。"李妈是乡下人，娟子十岁那年，娟子她爹就得病死了，李妈再未嫁人。娟子是李妈的命根子，李妈担心娟子这孩子涉世不深，被二少爷骗了。但李妈又想，二少爷打小就善良懂事，不像个没心没肺的纨绔子弟。

郑尚武经常与娟子约会，慢慢两个人产生了感情，他俩常在大宅院后面的假山石上相依而坐，月光下，两人如漆似胶。娟子头靠在二少爷的怀里，倾听他滔滔不绝的演说。他告诉娟子，袁世凯复辟帝制，当中国的皇帝，走封建社会的老路，祸国殃民，比清朝的西太后还坏。他还告诉娟子，只有推翻帝制，推翻军阀割据，遵循孙中山先生的“三民主义”，走民主共和的道路，中国才有希望。娟子没念过书，大字不识几个，也不懂得那么多道理，但她坚信二少爷的话一定是对的。

三个月后的一天，郑明贵从县上官府中听说，他家二少爷郑尚武是南方革命党，警察局正准备缉拿他。郑明贵匆忙赶回家里，将此事告知了二儿子。郑明贵是个明理之人，他没有过多责怪儿子，只是担心儿子的性命。他劝二儿子速速逃命，还为他准备好了盘缠。

临行时，郑尚武找娟子道别，还是在大宅院后面的假山上，郑尚武搂着娟子说：“袁世凯在追杀我，我要出去躲躲，等打败了袁世凯我就回来。”娟子哭了，哭得很伤心。她告诉二少爷：“我怀上了你的孩子。”郑尚武一听，顿时惊呆了，他没有想到娟子会怀上他的孩子，他真的有些蒙了。心想，我走了，娟子怎么办？孩子生下来怎么办？家里家外的人怎么看？在这世上生下个无名无主的孩子，她们母子能抬起头吗？她们会遭人嫌弃和唾骂的。他使劲捶打自己的头，责骂自己：“我真浑。”后来，他冷静下来，用衣袖擦去娟子脸上的泪水，说：“你想办法出去躲躲，把孩子生下来，若是男孩就叫龙儿，若是女孩就叫凤儿。等打倒了袁世凯，共和胜利了，我一定回来娶你。娟子，等我！”说完，他丢下百块大洋给了娟子，一步一回头依依不舍地离开了心爱的人。娟子怀着无限的期盼，目送二少爷渐渐消失的背影，下意识地把手放在了自己的肚子上，她知道一个新的生命在她体内孕育着，那是二少爷的骨血。

二少爷走后不久，为了避开街坊邻居们的闲言碎语，李妈带着怀有身孕的娟子离开了柳河湾去了景德镇，给一位姓侯的富人家当佣人。娟子孕期满后，生了个男孩，娟子就照二少爷的嘱托取名郑龙，乳名龙儿。龙儿五岁那年，李妈患病去世了，从此，娟子和龙儿相依为命。娟子接替了母亲的活儿，还是在侯家大院当佣人。其间，她几次托去柳河湾的人打听郑家二少爷的消息，结果杳无音信。好心人劝她找个男人顶个家过日子，她总是这样告诉人家："俺有男人，过几年就接俺娘俩走。"这话，娟子重复了一年又一年，她信守，总有一天她会见到二少爷的。

1934年，十九岁的龙儿中学毕业了，这年，红军在镇上"闹"红，他参加了农民赤卫队，还加入了中国共产党。由于他工作出色，又有文化，当上了赤卫队中队指导员，带领赤卫队队员，打土豪分田地，深得民心。不久，党组织任命他为景德镇共青团书记，主要任务是搞爱国学生运动，发展进步青年。龙儿长得英俊帅气，性格豪放，满腔热血，很像他的父亲郑尚武。

这年秋天，中央军某旅开赴江西景德镇围剿红军，由于敌强我弱，红军和农民赤卫队不得不转移到深山密林中与敌周旋。进驻景德镇的中央军某旅的旅长不是别人，正是当年的郑家二少爷郑尚武。十九年前，郑尚武为逃避袁世凯的追捕，去了广东参加了讨袁护国军，后来考入了广州黄埔军校，并跟随校长蒋介石参加了北伐战争，由于他在国民革命军中骁勇善战，指挥有方，军阶步步递升。近年，又由于他剿共有功，一年前，被蒋介石任命为其嫡系中央军某旅少将旅长。十几年来，郑尚武心里一直挂念娟子，曾回家打探过娟子的下落和那未曾谋面的孩子，但都没有一点线索，这让他很失望。家里人告诉他，娟子可能嫁到远村去了。

郑尚武琢磨，娟子或许就是嫁人了。于是，在他三十岁那年，已是团长的他娶了个年轻貌美的富家小姐为妻。

某旅进驻景德镇后，郑尚武同时兼任景德镇警备司令。警备司令是景德镇的最高行政长官，他的太太随之从省城南昌来到了景德镇，郑尚武的旅部就设在景德镇的侯家大院。

那天，娟子在侯家大院洗衣房洗衣服，突然，大门外响起汽车的喇叭声和刹车声。随后，在侯家大老爷和众多军人的簇拥下，一个身穿黄呢军服的大官和一个年轻漂亮的女人，两人挎着胳膊从外面走进院内。娟子猛然觉得这个穿黄呢军服的大官很面熟，虽说，她只看到了他的侧脸。此后的几天里，她经常看到这个大官与他年轻的太太一起聊天散步，听他口音很像柳河湾那边的人。一天上午，管家叫娟子到厨房帮着洗菜，说旅长要请人吃午饭，厨房人手不够。娟子到厨房洗菜时，有个下级军官在厨房坐镇监视，可能是担心红军趁机投毒吧。娟子有意凑近这位军官，跟他套起近乎，问：“大兄弟，你们旅长是什么地方人啊？”军官很直爽地回答说：“柳河湾的，人家是少爷出身。”娟子一听打了愣，又追着问：“你们旅长叫什么名字啊？”军官望了望娟子，顿了一会儿说：“我们旅长叫郑尚武。”娟子听罢，手中的菜“哗啦”一声掉在地上，军官愕然，众人也觉得莫名其妙。娟子马上恢复了常态，朝着大伙只是淡淡的一笑，低头捡起落到地上的菜。

晚上，娟子回到自己屋里，透过窗户望着郑尚武住的房间，屋里亮着灯，时而能看到他和太太来回走动的身影，眼泪止不住地流了出来。十九年啊，十九年的苦苦等待和煎熬，看到的是眼前这般情景。她开始憎恨起二少爷：你这个忘恩负义，没有良心的东西，俺娘俩这些年遭了多少罪，吃了多少苦！你在外面逍遥自在当了大官，娶了年轻的太太，龙儿生下来就成了没爹的孩子，遭人白眼受人欺负。龙儿懂事起，就盼着有一天能看到自己的亲爹，如今……娟子的心凉到了极点。这一宿她辗转难眠，她恨这世道的无情、人间的冷漠。她想第二天去见他，告诉他龙儿已经十九岁了。可转念一想，人家是旅长，身边又有个年轻貌美的太太，自己这副农村婆娘的样儿他能认吗？况且龙儿已经参加了共产党，与他势不两立。最后，娟子告诫自己，就当二少爷已经死了。

这些日子里，郑龙和他的同志们正在秘密筹划一场声势浩大的学生游行和集会，目的是宣传抗日主张，停止内战，一致对外。

这天上午，成群结队的学生浩浩荡荡走在景德镇街上，他们举着标语“停止内战，一致抗日”“把日本侵略者赶出东北去”，并高呼口号：“停止围剿红军，中国人不打中国人！”“要民主，要自由！”街道两旁挤满了围观的群众。游行队伍走到街心广场后开始集会，郑龙站在广场中央的高处，发表振奋人心的演讲："同学们、同胞们，日本侵略者占领了我国东三省，多少人家妻离子散，家破人亡，东北的同胞们正在遭受苦难。日本正虎视眈眈，企图亡我中华，而今日之蒋介石政府，今日之国军不打日本人，却四处围剿红军！我们主张不同党派、不同社会团体，结成统一战线，一致对外。而蒋委员长为维护其独裁统治，置东三省于不顾，花费巨额军费去打自己的同胞。同学们、同胞们，我们决不答应。"学生们齐喊："决不答应！决不答应！反对独裁！""停止内战，一致抗日！"突然，一阵急促的哨声由远而近地传来，只见大批军警从四面朝街心广场扑来。郑龙大声呼喊："同学们不要慌，要按顺序撤出会场。"军警用木棒、枪托殴打驱散学生。郑龙在组织学生撤离时被捕了。

郑尚武坐在办公室里，正在接他上司的电话，对方告诉他，这次学潮惊动了正在江西南昌督战剿共的蒋委员长。蒋委员长训令，速决学生滋事组织者，宁可错杀一千，绝不漏网一个。郑尚武放下电话，望了望挂在墙壁上的委座画像，沉思了良久。他深知委座的心理，对共党分子从不手软。自己是军人只有服从，况且自己是蒋校长的学生，忠于领袖是吾辈的天职。

这时，副官进来了："报告旅座，据我们调查，郑龙是这次学生闹事的主要组织者。他是共产党员，现担任景德镇共青团书记。"郑尚武脸上露出一丝微笑，说："鱼不小，我去会会他。"说罢，与副官乘车去了关押郑龙的监狱。

郑尚武来到提审室，几个壮汉把刚刚受过酷刑，遍体鳞伤的郑龙拖到椅子上坐下。郑尚武哪里知道，眼前这个仰靠在座椅上，戴着手铐、脚镣，浑身血迹斑斑的年轻人就是他朝思暮想的亲生骨肉。郑尚武见他很年轻，便带着惋惜的口气说："年轻人，你才十九岁，就被共党赤化，误入歧途，我作为长辈为你惋惜，同时，也为你感到痛心。你党所信奉的共产主义只是个幻想，我党的三民主义才是中国的治国之真理。年轻人要知道，一个国家只有一个政府，一个军队，一个领袖，你们另立党派和军队那是国法所不容的。打不打日本那是政府的事，与你们学生、老百姓有何干啊？一切都要听蒋委员长和国民政府的安排。你组织学生闹事，谩骂领袖，在整肃时期，是非常严重的事件，这是犯了死罪的。"末了，他又说："你只要写一份自首材料，脱离共党红军，我在蒋委员长那里保你不死。念你年轻有为，将来你可以到我这里做事。"郑龙慢慢睁开了双眼笑了一笑说："我信共产党，因为他代表了广大劳苦大众的利益，跟共产党走，我不后悔。为实现共产主义我死而无憾！长官大人，你想想，东三省都丢了三年了，你们的领袖为了他的独裁统治和一党之私，还在打内战，兄弟相残何时了？长官大人，领着你的那帮兄弟去东北打小日本去吧！红军是剿不灭的，内战就是亡国。"郑尚武被问得哑口无语，他深知眼前的这个年轻人，已经被共党赤化到了不可救药的地步。

为向蒋介石邀功，郑尚武以景德镇警备司令的名义签署了速杀郑龙等几名学生游行集会组织者的命令。

娟子从侯家大院管家那里听说，龙儿被郑尚武抓去了，定了死罪。她疯了一样，不顾士兵的阻拦，在郑尚武门前大喊："郑尚武你出来！"郑尚武在屋内忽然听到了门外有个妇女大声喊叫自己的名字，十分惊奇，心想，谁敢这般如此大胆莽撞。他推门而出，娟子此时被两名士兵架在墙角处。郑尚武走到她面前，细细打量着，他心里一震，猛然感觉到，她有点像当年的娟子。尽管她两个眼角布满鱼尾纹，但饱经风霜的脸上，依然透着她年轻时的气质。此时，郑尚武断定，眼前的这个妇女就是娟子。他忙招呼士兵："赶快扶她进屋。"娟子早已没了力气，瘫倒在椅子上。郑尚武疾步挨近娟子："娟子，我是郑尚武。"娟子抬起头，眼里含着委屈的泪水，不愿正视二少爷，背着脸说："二少爷，你还记得我呀？"郑尚武跪在娟子面前，两手紧紧握住娟子那双布满老茧的手说："我一直在找你，我没有忘记你呀！"说着，眼角涌出了几滴泪水。又说："咱们的孩子呢？"娟子挺起身子，一把抓住郑尚武的胳膊，急促地说："是个男孩，大名郑龙，小名龙儿，今年十九岁了。听说你把他抓了起来，定了死罪。你可不能杀了他呀，他可是你的亲生骨肉呀！"郑尚武一听，顿时如五雷轰顶，两眼呆滞。死刑令刚刚签发出去，还有五分钟就要行刑了。他疯了一般，大喊："卫兵牵马！"他冲出门外，骑上战马加鞭飞奔南山刑场，身后扬起一片尘沙。

任凭他快马加鞭，最后还是晚了一步。当他临近刑场，大声呼喊"枪下留人"的同时，刑场上的枪响了，罪恶的子弹，射向了郑龙，郑尚武杀死了自己的亲生儿子。

郑尚武目光呆滞地蹲在龙儿的尸体旁，双手抚摸着儿子的脸颊，嘴中不停地呼唤着：“龙儿啊，龙儿，我的龙儿啊！”突然，他仰面朝天，哭喊道：“苍天啊，这是报应啊，我还是人吗？！”或许是真的惊动了老天，霎时间，天空乌云密布，电闪雷鸣，狂风四起，紧接着下起了瓢泼大雨。

风雨中，郑尚武抱起满身泥污和血迹的龙儿，缓缓地向山坳口走去……

此后，郑尚武称病回江西老家柳河湾休养，发誓不再围剿红军。

1937年七七事变爆发后，他重返军界，投身抗日战场。任国民革命军师长，率部参加了淞沪会战、武汉保卫战、昆仑关战役、长沙会战等战役。

解放战争期间，时任国民党军长的郑尚武，响应中国共产党的号召，深明大义，率所部两个师起义。其起义部队编入中国人民解放军序列。

新中国成立后，他多次当选为全国政协委员。

娟子回到江西老家柳河湾务农。郑尚武几次回乡劝她到北京共同生活，都被她婉言谢绝。郑尚武每月都给娟子寄生活费。六十年代初，郑尚武得知娟子年老多病，就派子女将她接到北京休养治病。

七十年代，郑尚武和娟子相继过世，两位世纪老人走完了他们具有传奇色彩的一生。

妈妈的婚事

事情还是从二十世纪四十年代说起。

记得我六岁那年，在青岛中华服装商店当经理的爸爸在一次车祸中不幸丧生。失去了爸爸，从此妈妈更加思念自己的故乡。在青岛，我们无亲无故，实在待不下去了，就回到了老家大连，和奶奶住在一起。打那以后，很少能见到妈妈的笑脸了。街坊邻居常常在妈妈身后嘀咕:“瞧她多年轻，二十四岁就守了寡，怪可惜的。”到了晚上，妈妈搂着我说:“小英，妈妈教你识字绘画，好吗？”“好！”我答应了。妈妈笑了，笑得可甜了，真好看。那笑容常常在我眼前闪现，那是慈母的笑。妈妈是伪满时期大连关东州四中毕业的，识文断字不说，还能绘一手好画。闲时，妈妈常带我到花园里写生。我爷爷是个拥有百万资产的民族资本家，在世时，经营了一家规模不小的纺织厂，金州、盖州、海城、奉天、青岛、烟台都有他的店铺。爷爷死后，纺织厂由大伯接管。在大连南山东南角，有一幢三层日式独楼，那儿就是我们家。奶奶是家中的“太上皇”，她五十多岁了，好吸大烟，身子骨瘦得像麻秆，干瘪的脸，蜡黄蜡黄的，说起话来公鸭嗓子。她

特别爱穿那件黑绸缎子旗袍。她有个怪习惯，每天早上，一家老少都要跟着她到祖上牌坊前拜堂请安。她对我妈妈很刻薄，就像对待佣人一样。“谁叫你命不好，做了寡妇。”她常常当着我妈的面说这句话。虽说结了婚，有了我，但妈妈身条、面庞还未脱去姑娘相。妈妈的眼睛长得很好看，大大的、黑黑的，举目间显得十分诱人，皮肤也白净细嫩。一次，妈妈红着脸对我说，她做姑娘时有很多帅小伙子缠着她，街坊邻居都夸她是百里挑一的俊妹子。

爸爸他们家兄妹四个，爸爸排行老二。大姑金凤十九岁，老姑玉凤十七岁。奶奶对她俩管束得很严，像被圈在笼子里的鸟。像她们这样有钱有势的大家闺秀，不涉足舞厅、影院，在当时是不多见的。奶奶思想旧得厉害，两个姑姑刚念完小学，她就把她们牵回了家里，不让她们升中学。还专门请了个叫王文杰的师范毕业生，做了她们的家庭教师，这样做是担心她们刚懂得男女之情的时候，就做出伤风败俗的事情来。这个老太太总觉得男男女女坐在一个教室里听课不怎么地道。说说这个教书先生王文杰吧，他二十七八岁的样子，大高个，宽宽的肩，紫红色的脸膛，长长的眉毛，一双有神的大眼睛。他很喜欢我，我也愿意接近他。王先生是山东掖县人，乡村子弟，说话办事很爽快，心眼也很好使。妈妈闲来无事就教我识字算题，偶尔去会友逛街，王先生就对我妈说：“史太太，您有事就去忙吧，我来教小英！”妈妈朝他点了点头，笑了笑走了。王先生挣得教书钱不多，还要省吃俭用积攒点孝敬乡下的老母亲。妈妈常常托我给王先生送些吃的，王先生很感激。记得我们回大连第二年春的一天，王先生来到我们屋里，他抚摸着我的头对我妈说："史太太，我要回乡下一趟。小英的功课千万不要闲下来。我大概去一个月左右就回来。""王先生，您等等。"妈妈说着回到里屋，从柜中拿出二十块大洋，放在王先生面前，对他说："王先生您平日里对小英没少操心，不知怎么感谢您，这二十块大洋是我的一点心意，给老人、太太和孩子买点什么。"我见王先生的脸顿时红了起来，不好意思地垂下了头说："史太太，我还没有成家。谢谢您的好意，钱够花。"妈妈显得很尴尬，说："那您就留着自己用吧。"说着硬是把钱塞到王先生的手里。一个月以后，王先生戴着孝回来了，他母亲病故了。从此妈妈更加体贴王先生了。有件事我觉得挺有意思的，就是每次妈妈出门了，王先生也不在家，王先生出门了，妈妈就借口出门买东西。因为我是个孩子，不懂得那么多。一天晚上，妈妈躺在被窝里搂着我说："王先生命苦，自小没了爹，现在又去了娘。没有钱，穷书生娶个媳妇难啊。"说着说着，妈妈还掉了几滴眼泪。"妈妈您是怎么知道的？"妈妈打了个愣，说："听别人说的呗，睡吧。"那些日子里，妈妈脸上时常挂着微笑，看不见初回大连时，那副愁眉苦脸的样子了，嘴也好言语了。一天，两个姑姑扭扭捏捏地凑近我："小英，你真有福气，你妈给你找了个后爹。整天供着他香馍馍，也真够贴心的呀!""你们瞎说。"我反驳道。我跑回家，见奶奶两手叉着腰，扯着公鸭嗓子正冲着妈妈嚷："你这不要脸的女人，当了寡妇还勾引男人。我一心想要你立个'贞节牌坊'，给祖上增增光彩，让街坊邻居们看看。可你，拉着那个穷教师到街上逛，好清闲呵，败坏了我们史家的门风，你要知道，寡妇要守寡妇道，今后不准你再接近他。”妈妈不吱一声，双手捂着脸，一个劲地哭。奶奶嘟嘟囔囔地走了。我站在门口，望着妈妈不敢接近她。难道妈妈是个坏女人吗？妈妈见我不敢靠近她，很伤心地摇摇头。我想不会的，她是我的妈妈呀，我的妈妈不是坏女人!“妈妈！”我哭喊着扑倒在妈妈怀里。妈妈擦去我脸上的泪水，温情地说：“孩子，你还小，不懂得大人之间的事情。”那老公鸭子声又从王先生的屋里传来:“我还以为你是个正人君子呢，呸！偷死了男人的媳妇，欺负人呢！她是寡妇，寡妇不恋不嫁，这是我们史家的规矩。癞蛤蟆想吃天鹅肉，休想!”只听王先生反驳道:“史老夫人，您不能这么说，您误解了。”“误解了？告诉你姓王的，她是我的儿媳妇，我让她死，她不敢说个活字。你在这儿规规矩矩教书就是了，甭想打她的主意。”往后的话就更难听了。妈妈冲着窗外嘀咕句:“泼妇。”我明白了，妈妈为什么那么了解王先生，原来他们很要好。第二天，奶奶叫人写了条横幅让下人贴在妈妈寝室的墙壁上，横幅上写着“贞节夫人”四个字。奶奶坐在妈妈身边故作关心地说:“小英她妈，你真糊涂，跟他这个穷教书的得受一辈子罪!你是咱史家的人，有享不尽的福呵。我诚心让你给咱史家立个贞节牌坊，光耀祖宗，光彩门面呵，给后代人留个响当当的贞节夫人的美名，多好呵！”妈妈听腻了，扭头走出门去，边走边说：“您叫人把横幅摘下来，不然我就撕了它!”奶奶一听变了相，顿时怒气冲天，喊道:“你心还不死呵?不识时务的东西。你敢撕，我斩断你的手！”

几天以后，我还像往常一样，到王先生那里学功课。

一进门，与背着行李欲出门的王先生碰了个对面。“小英，我走了。你奶奶辞退了我。有事情就到青泥洼五十九号找我。”先生要走，我的心咯噔一下。“先生，您还会回来吗？青泥洼离我家远吗？”我问。他俯下身，抚摸着我的头，明眸里闪动着泪花。王先生走了，当他走到大门前时，停了小会儿，回头看看我，又望了望妈妈的房间。我跑到妈妈身边，告诉她王先生被奶奶辞退了。妈妈紧紧搂着我，泪水从她的眼角溢出，滴淌在我的脸上。“妈妈，大姑、老姑说，后爹心可狠了，是吗，妈妈？”这一说，妈妈哭得更伤心了。她说：“小英，妈不给你找后爹，一辈子就咱娘俩。”“王先生是个好叔叔，像爸爸一样亲呢。”我说。“好孩子，王先生是个好人。”妈妈说。

王先生走后不久，一位三十岁左右的女人接替了王先生。奶奶辞掉了王先生，换了女家教，想以此阻断妈妈与王先生的来往。奶奶对妈妈更坏了。以前我们和奶奶、姑姑、婶婶们同桌吃饭，现在奶奶把俺娘俩撇开了。他们吃香喝辣的，我们呢，整日粗茶淡饭。因为有我，妈妈不忍，就找奶奶说理。奶奶抖了抖烟斗，朝地猛吐口唾沫，眼珠一瞪，露出副凶样：“委屈了，吃不了苦了，离了我史家的饭不行吧。嫁鸡随鸡，嫁狗随狗。别以为死了男人，外人就管不着你。答应我，不再想那个姓王的。”妈妈再也忍不下去了，据理力争：“我不愿守着寡，伴着像你这样的‘冷心婆’。我们就是当叫花子，也不吃你这窝心饭。我们走！”奶奶听罢，身上像着了火似的从炕上跳了下来，指着妈妈的鼻子骂道：“臭婊子，我是你什么人？你活是史家的人，死是史家的鬼。不孝的孽种呵，我怎能对得起祖宗哟，气死我了，气死我了。”奶奶哭号起来，随后坐在地上撒起泼来。顿时，屋里像炸了窝。两个姑姑一拥而上，扯妈妈的头发，挠妈妈的脸，把妈妈推出门外。那天晚上，俺娘俩哭肿了眼睛，一夜未睡，妈妈下了决心，走！离开这个封建守旧的家庭，找王先生去。妈妈抬手把那张“贞节夫人”的横幅扯下来，撕碎。

我们终于找到了王先生的住处，他在青泥洼附近的一所小学校教书。我们暂时住在王先生隔壁，王先生上下托人在邮电局给妈妈找了个出纳员的差事。他们常常领着我到公园里散步，每次我总是与他俩拉开点距离，王先生发现了就转回来拉我。

王先生和妈妈商定，这年开春结婚，我也盼着王先生做我的爸爸，觉得他不会是一个狠心的后爹。

婚礼在王先生的房子里举行，婚礼置办得十分简朴，摆了一桌酒席。婚礼那天，来了几位老师和附近的几位邻居。妈妈打扮得漂亮极了：头上戴着鲜花点缀的花冠，身上穿着白色的纱旗裙，宛如仙女下凡。我高兴地跳呀，跑呀，王先生一把将我拉到他的身边，让我坐在他的腿上，我按着妈妈的嘱托，头靠近他的耳边，轻轻叫了声：“爸爸！”王先生高兴极了，把我抱起来，亲呀亲呀不停地亲。妈妈看着乐得合不拢嘴。我想从此以后，王先生就是我的爸爸了，这是多么令人难忘而美好的时刻呵。然而，好景不长，这种生活被我那狠心的奶奶一竿子搅和得稀巴烂，给我们全家人心中留下了至今难以愈合的伤疤。婚礼后的第二天，奶奶领着一帮地痞打手闯进了我家。奶奶恶狠狠地指着爸爸骂道：“你这穷鬼，抢占我家的媳妇，罪该万死！走，跟我到警察局去！”妈妈跪在奶奶面前，哀求道：“您治我好了，千万不要伤害他。”爸爸扶起跪在地上已哭成泪人的妈妈，正色地对奶奶说：“都什么年月了，丈夫死了，就永远守着寡，永远是你们史家的人？太不像话了。”奶奶叉腰跺着脚，吼着：“给我砸！给我砸！今世休想成夫妻！”我吓得躲到衣柜旁，只顾呜呜地哭。屋子被他们砸得不成样子。

爸爸被他们抓去送到了警察局，奶奶诬告他“抢占她的儿媳”被法院判了一年徒刑。那天，我被奶奶拉回史家公馆，因为我是史家的后代。奶奶以为把我弄回来，妈妈会自己找上门的，搬回家住的。可是，妈妈没有回来，想不到这一别，竟是我们母女俩八年痛苦的分离。后来听爸爸说，妈妈到狱中看过爸爸一次，她对爸爸说，她失业了，是小英她奶奶背地里搞的鬼，逼着她回史家。左邻右舍说她不是个正经女人。被人误解，她受不了。她嘱托爸爸要好好照料我。最后说：“我对不起你。”就走了。不久，抗战胜利了，爸爸出狱了，他把我从奶奶那里接回了家。爸爸到处托人打听妈妈的下落，找遍了全大连，不见妈妈的影子。我哭呀喊呀，妈妈你在哪里？以后我从爸爸那里知道一些妈妈家的事情：姥姥是个孤儿，黄花少女时，在一个开鱼行的老板家当佣人，被老板看中纳了妾，生下了妈妈。妈妈三岁时，姥姥得了一场大病，不久，便离开了人世。没有母亲的日子里，妈妈受尽了几个姨妈的冷落，她想长大以后，永远离开这个令人窒息的家。妈妈成人后，已病入膏肓的姥爷在临终前，由他包办，将妈妈嫁给了史家。

一晃八年过去了。八年里，我和爸爸一直苦等妈妈的消息。爸爸常对我说，妈妈总有一天会回到咱们身边来的。

一天，在小学教书的爸爸突然接到一个电话。他拿起电话一听，惊喜万分，是妈妈从沈阳打来的。妈妈在沈阳军区机关做政宣工作，是个连职干部。她说过两天，就从沈阳回大连看望我们。

找到妈妈了，听到这个迟来的信儿，我高兴得满院满屋地跑呀，跳呀，恨不得一头扑向妈妈的怀抱，感受母亲的温暖，追忆童年的母爱时光。

这天，我和爸爸一大早来到大连火车站接从沈阳回家的妈妈。

当精神飒爽、戎装一身的妈妈走下火车时，我猛地扑向她的怀里。妈妈脸上早已挂满了泪水。她笑着说："看英子，长高了，长大了，是个大姑娘了。"妈妈用手温存地抚摸我那被泪水浸湿的脸。

妈妈说，组织已决定，将她调到大连某部队机关工作。

原来妈妈离开大连后，几经周折，参加了东北民主联军，在三纵队某师当卫生兵。先后参加了解放四平、辽沈战役、平津战役、两湖两广战役和解放海南岛的战役，后又参加了抗美援朝战争。由于战争频繁，无法与我们沟通信息。她说，她经常在梦中，遥祝我们平安。

几年后，妈妈转业到西岗区政府工作。妈妈回家后第二年，生了个妹妹。妈妈1980年离休。爸爸施教一生，1979年离休。父亲和母亲相敬如宾，恩爱一生，共同度过了几十年的苦乐年华。

妈妈晚年经常教育晚辈说："要珍惜爱情，珍惜生活。"

山　妹

故事发生在1901年夏。

北国的大兴安岭绿荫葱葱，风和日丽。在山坳深处，有一个小村子，名叫岗子头，世代散居着几十家猎户。

村里猎户张大山的独生女儿山妹，今儿个要出嫁了。

这里的人家，都是满人。按满人的习俗，女儿嫁人，亲族家家要挂彩灯，门窗缠红布或贴大红喜字。

今天，山妹穿着加厚垫高的花纹绣鞋，头扎着蝴蝶结，长裤短袖，红如夕阳的绸子盖在头顶。她静静地端坐在炕沿上，等着从未谋面的新郎官，将她抱入花轿。新郎官是个盐户人家，在几十里外的县城边开办个小盐场，城里还有个经销盐的门市。山妹她爹张大山狩猎二十多年，与新郎官李嘎子他爹李鸿光是世交。山妹她爹常弄些山货存放在李鸿光门市，托他代卖。长此以往，两家有了厚情。李嘎子两岁时，张大山媳妇刚好怀上山妹。李鸿光拍着张大山的肩膀，指着他媳妇那鼓起的肚子，一本正经而又万般认真地说："要是生个儿，我就认他干儿子。若是生个闺女，就做俺嘎子的媳妇 。"兄弟之情，多年厚交，又是一个殷实又好的人家，张大山哪有不答应的道理。这

真是指腹为婚，山妹还未落地，两家就定下了这门娃娃亲。

转眼，十八年过去了。山妹出落成水灵灵的大姑娘，柳叶弯眉，一双亮晶晶、大而有神的眼睛，两条粗又长的黑辫子垂到腰间，聪明伶俐，成了人见人爱方圆百里无人不晓的漂亮妹子。嘎子如今也是二十岁的小伙子了，身材魁梧，面色黝黑，为人实在厚道，一副木讷憨样，是个稳稳当当、守家继业的好小伙。这不，这两个孩子都到了谈婚论嫁的年龄了，在两家大人悉心筹划下，决定今夏把两个孩子的婚事热热闹闹地给办了。

这时，婆家迎亲的队伍一路吹起阵阵悦耳的唢呐声，进了坡顶的岗子头村。李嘎子骑着高头大马，身披红绸带，胸扎着大红绸子花，头戴礼帽，喜气洋洋。婆家迎亲的领头儿，名叫孙贵，人称“八爷”，五十过头，年轻时在深山老林当过绺子，参加过义和团，进京杀过洋鬼子，一身豪气，胆量过人，为人仗义，方圆百里没人不晓他的大名。李鸿光平时识得八爷的能耐，为什么请八爷带婆家的人去迎亲呢？事出有因。自打“老毛子”（当年，沙皇俄国人侵东北，无恶不作，当时百姓称之为“老毛子”）侵占家乡后，他们四处寻事，欺男霸女，鱼肉乡里，搅得山里山外不得安宁，百姓们恨之入骨。特别是大姑娘、小媳妇为躲避老毛子的祸害，有的躲进深山老林，有的投奔远亲，还有的干脆女扮男装。年轻的女子，都不敢穿花格子、绣绸子衣裳走亲访友逛市场，担心显眼让老毛子盯上。李鸿光左思右想，尽管正逢兵荒马乱，但这婚也得结呀！所以，他请八爷壮胆拉人去岗子头娶亲，可心里仍是忐忑不安。

在岗子头后山的黑风口，有一个俄军小兵营，驻扎着一个约有三十人的俄军骑兵中队。自打这些“北极熊”在山上安营扎寨后，周边的百姓让他们害苦了。怎奈他们兵强马壮，官府又屈从其下，百姓也只能忍气吞声。

在众乡亲的簇拥下，迎亲队伍来到了山妹家。李嘎子跃下高头大马，向站在门前等候良久的岳父岳母大人叩首作拜。张大山夫妇见姑爷恭敬有礼，憨厚可爱的样子，老两口喜得合不拢嘴。嘎子大步流星地跨进屋里，丈母娘端来一盘水饺递给他，他一股脑儿地吃了个底朝天。山妹在门缝里偷偷看了一眼从未谋面的君郎，瞧他诚实傻憨的样子，山妹忍不住“噗嗤”一笑。

山妹在伴娘的搀扶下，出了闺房。张大山夫妇看着姗姗走来的女儿，像割了自己身上的肉似的，不禁一阵心痛。山妹她娘脸贴在女儿的颊旁，千嘱咐万叮咛，脸上挂满了慈母的眼泪。山妹拉着母亲的手，依在母亲的怀里。“娘，俺会常来看您的。”这话，是女儿十八年来，最让母亲心恸的话，女儿是母亲心头上的肉啊！俗话说，闺女是娘的小棉袄。如今，出嫁的女儿，泼出去的水。这传统的理儿，百姓的习俗啊。张大山此时的心情，同山妹她娘一样，难舍难离。山妹平时在他脚前脚后，爹长爹短地叫着，那乖巧的样子，那甜甜的嘴巴，喜得他心里乐滋滋的。如今养大的闺女要嫁人，虽然嫁的是富足本分的人家，但心里也不是滋味，女儿毕竟是他们俩口一把屎一把尿拉扯大的。他看着堆在屋里屋外红色罩面的彩礼，心想，就是给座金山，也比不得女儿常守在自己身边好啊。

李嘎子乐呵呵地将蒙着盖头的山妹抱上花轿，八爷一声吆喝“起轿”，唢呐声悠扬响起，娶亲的队伍伴随着花轿，出了岗子头。张大山夫妇望着远去的花轿，顿时，心中感到无比的无助和凄然，还有随之而来的孤独，两人的眼泪像断了线的珠子似的流淌下来。

八爷带着迎亲的人马，过了三道岭、两重山，穿过茂密的原始森林，就进了望石岭，离县城不足八里路远了。

突然，“啪啪”，山坳里响起几声枪响。大家惊魂未定之际，一阵马蹄声接踵而来，十几个骑着高头大马的“老毛子”拦住了娶亲的队伍。一个肩挂上尉军衔的军官，用生硬的中国话喝道：“轿子里的姑娘留下，你们快快地走开！”八爷定了定神，他见过此人，名叫亚历山大·普拉斯基。他三十岁左右，一张毛茸茸的脸，长长的胡须，短粗的脖子，与他细高的身材极不相称。这小子一肚子坏水，恶贯满盈，许多义和团勇士，头落他的屠刀下。八爷招呼大伙儿先别慌，随后，他镇定自如地走到普拉斯基面前：“长官，我们都是老实巴交的山民。花轿里的女人不能动，否则会冲掉你的喜的。”普拉斯基听罢，哈哈大笑起来，说：“我们俄国人没有你们中国人规矩多，少废话，快把姑娘留下！”俄国兵们把枪口对准了八爷和大伙儿。嘎子急了，怒不可遏，指着普拉斯基大骂道：“王八蛋，狗娘养的老毛子，大白天抢女人，无法无天了！”普拉斯基将枪口对准了嘎子，狂笑着说：“今晚的洞房花烛夜的新郎官是我普拉斯基了。”“啪！”一声枪响嘎子应声倒地，气绝身亡。八爷一看不好，护着花轿，叫大伙儿快跑。他敏捷操起身上暗藏的飞刀，“刷刷”撂倒两个“老毛子”，不料一颗子弹打中了他的右腿。山妹被眼前发生的一切惊呆了，她撩起轿帘，目睹了嘎子哥被射杀的经过，顿时，悲恸欲绝。她欲扑向倒在地上浑身是血的嘎子哥，却被随行人拦住。八爷趺趺撞撞招呼人拉起山妹就跑。山妹在众人搀扶下向山里跑去，怎奈“老毛子”像饥饿的野狗，穷追不舍，一阵乱杀，迎亲队伍死伤过半。

八爷护着山妹，一路急奔，到了一个山坡上，两个人气喘吁吁，实在是跑不动了。八爷拖着受伤的腿，背倚在岩石旁，血染红了裤子。因失血过多，脸色煞白，耗尽了力气，他对山妹说：“孩子，大叔恐怕不能送你回家了。”山妹啜泣着说：“大叔，是我连累了您，我不能丢下您不管。”她正要搀八爷起身，普拉斯基领着手下一队人马围了上来。普拉斯基一脸杀气，骄横地指着八爷：“你飞刀杀了我两名士兵，你这一招一式，是个武艺人。我猜你准是个逃亡的义和团。今天，你落到我的手里，旧账新账一起算！”八爷慢慢直起身，冲着普拉斯基冷笑道：“哈哈，老毛子，王八蛋！跟老百姓逞能算什么好汉。你们他妈的跑到中国的地盘上胡作非为、横行霸道，妈了巴的，你们不得好死！”“砰！”普拉斯基扣动了扳机，八爷的身子晃了两下，挺挺地倒下了。八爷，又一个顶天立地的义和团英雄！山妹哭喊着扑向八爷，八爷眼睛怒视苍天，死不瞑目。普拉斯基走到山妹面前，淫笑着说：“姑娘，上帝保佑你，起来跟我们走吧。”山妹挣扎反抗，几个鲁莽粗壮的士兵，像抓小鸡似的将山妹捆上马背。任凭山妹“爹、娘”呼叫着，那声音划破了山谷，凄厉而撕心裂肺。一个山村俊妹，就这样被一伙外邦兵匪劫走了。

大喜转眼变成了大难。山妹和嘎子的家人很快知道了“老毛子”杀死嘎子，劫走山妹的事。两家人哭天喊地、悲恸不已。山妹她爹张大山急得抓心揪肺，叫天不应，叫地不灵，不知如何是好。山妹她娘哭成了泪人，神志恍惚，从此，倒在床上，一病不起。乡亲们痛惜地说，山妹命苦呀，她是进了狼窝呀，那是一群该千刀万剐的畜生呀。

乡亲们看不下去，去县府求救，县府慑于俄军淫威，推之不理。怎奈人家强国之兵，虎狼之师，而我朝廷腐败无能，泱泱大国拱手相让，列强铁蹄践踏我万里河山，黎民百姓饱受欺凌之苦。

乡亲们求助官府不成，商量决定以礼赎人。这天，乡亲们抬着一头猪，拿着烟酒来到“老毛子”的兵营。

禽兽就是禽兽！乡亲们满以为好酒好肉款待他们，他们就能将山妹放出来，哪知，还差点搭进去乡亲们的性命。普拉斯基是个心胸狭窄、阴险狡猾的家伙，他看着众乡亲带着礼品来赎三妹，怀疑有义和团的人闹事，怕其中有诈，便命令士兵架起机枪，先将礼品扣下，又将领头的几位乡亲五花大绑，一顿鞭抽拳打，几位乡亲被折磨得死去活来。普拉斯基最后没有发现什么破绽，属实是为山妹说情的，才肯罢休。普拉斯基厚颜无耻地对躺在地上，被他们打得血肉模糊的乡亲说：“山妹是我的中国媳妇，她在我这儿生活得很好。我会好好待她的。”

山妹自从被普拉斯基劫持到兵营后，整日痛不欲生，几度寻死未成。普拉斯基将她关在一个宽敞明亮的居室里，每日好饭好果相待，委托一个中国老妇昼夜不离地伺候，门口把有哨兵。普拉斯基到中国后，杀我义士，欺我妇女，做尽了恶事。他见山妹如此美貌动人，本想她在淫威之下，会乖乖屈从，怎奈山妹她以死抗争，气得普拉斯基真想一口吞吃了山妹。此时，普拉斯基有点惜香怜玉之意，山妹这个漂亮的中国妞儿，自己何不与她长相厮守。在异国他乡，荒山野岭中安营扎寨，不知猴年马月才能回到祖国。我要好好善待山妹。中国有个俗称叫“压寨夫人”，对，让山妹做我的压寨夫人。

普拉斯基出生在圣彼得堡的一个职业军人家庭。父亲曾是俄国沙皇卫队的一名少校侍从官，后调任远东第一骑兵旅任旅长，是个狂热的沙皇扩张主义吹捧者。对近邻的东方古国，早就垂涎三尺。普拉斯基早年受父亲大俄罗斯沙皇扩张主义的影响，性情乖张、冷酷无情。他父亲曾夸耀他是“标准的沙皇军人”。普拉斯基十七岁时考入沙俄陆军学院亚洲班，学会了几句中国话，对中国文化有些了解。已是远东第五骑兵旅上尉中队长的他于1900年随八国联军入侵北京。在菜市口，他当众亲手砍下十几个义和团勇士的头颅，双手沾满了中国人民的鲜血。当普拉斯基腰挎长刀，脚穿高筒皮靴，耀武扬威迈着整齐的方步，随队在紫禁城广场上接受联军司令官检阅的时候，他感到了占领者的自豪。那天，他站在前门城楼上，以“北极熊”式的傲慢，环视这块神奇的土地。他觉得自己是上帝的使者，可以主宰这个东方古老的大国了。然而他想错了，他们可以打败一个腐败无能的清朝政府，却永远征服不了不屈不挠的伟大的中华民族。义和团反帝运动，在各省揭竿而起，他们杀洋兵、烧洋教堂，搅得联军惶惶不安，损兵折将。为保住沙俄在东北的利益，不日，普拉斯基的部队被调往东北。普拉斯基带领他的中队，驻扎在离岗子头村不远的黑风口。

山里长大的山妹，十来岁就跟随父亲在周围的山间打猎，她性格豪放，胆大心细，有股男孩子的野劲。有时跟同龄的男孩子叫起号、打起架来不分高低。自打那天，她被劫进“老毛子”驻地，面对普拉斯基的淫威，她宁死不从，几日不饮一口水，不吃一口饭，身体渐渐消瘦下来。

普拉斯基找来当地一位能说会道的老媒婆，把刀架在她的脖子上，威胁道：“你去劝劝山妹，让她嫁给我，否则，我拿刀劈了你！”老媒婆吓得瘫倒在地上，尿湿了裤子。

老媒婆来到山妹的屋子里，恳求山妹：“姑娘，保命是大事，这帮杂种，什么伤天害理的事都能干出来，你就答应他吧。你要是不答应，我就没命了，我那儿还有一大家子人呢。”说着老媒婆就“扑通”一下跪在山妹眼前，不停地哭泣起来。山妹心想，我生是嘎子的人，死是嘎子的鬼。如今，嘎子哥、八爷都被普拉斯基这个魔鬼杀死了，我怎能与仇人同床共枕。但看着跪在自己面前，哭愁着脸，不停乞求的老婆婆，山妹心里有些发软，左右为难。她安慰婆婆：“你让我好好想想。”媒婆一听，便想有谱了，不免心中大喜。

媒婆赶忙告诉普拉斯基说：“有谱了，山妹她要考虑考虑。”普拉斯基听罢，一阵窃喜，脸上露出丝丝淫笑。

兴安岭的夏日，酷热难忍。漆黑的山林里，不时传来几声饿狼的嗥叫声。山妹和衣躺在床上，苦思冥想，她想过逃跑，可兵营戒备森严，普拉斯基派兵日夜监视，自己插翅难飞。

既然躲不过普拉斯基的魔爪，倒不如与这个狗日的普拉斯基拼个你死我活。夜深了，突然，窗外刮起了阵阵山风，吹得那白桦树叶沙沙作响。朦胧中她想起了自己的童年，想起了曾几度想象嫁到嘎子家是啥样子，在憨厚的嘎子怀里撒娇，说悄悄话，是啥滋味，她想起了爹娘的往日疼爱。孩儿如今落入魔窟，爹娘现在不知急成个啥样子呢。想到此，山妹长长叹了口气，泪水又打湿了衣襟。她想了很多很多，不知不觉中便沉入昏昏暗暗的梦乡。她做了个噩梦，一个怪兽张着血盆大口，在她眼前张牙舞爪，她想跑，拔不动腿，她憋足力气，却喊不出声。这时，她感到一个重重的东西压在她身上，让她喘不过气来。她猛然睁开惺忪的眼睛，惊恐地尖叫起来。一个满脸淫笑，嘴中带着酒气的俄国佬压在她的身上，是普拉斯基。怎奈她一个弱女子，死拼硬挣，也没能躲过普拉斯基这个恶棍的糟蹋——这一夜，山妹被普拉斯基强暴了。普拉斯基离开时，丢下一句话："山妹，后天，八月八，按中国人的习俗讲，是个大吉大喜的日子。我摆八桌酒席，叫八人大轿娶你过门。"说罢，和衣而去。

被凌辱的山妹，哭肿了眼睛，不停地捶打自己的胸口，心想，自己无颜去见爹娘，去见冤死的嘎子哥了。她想起了去寻死，末了，山妹转念又想，不能便宜了普拉斯基这个杂种。山妹是猎户的女儿，面对豺狼野兽，她会超常的冷静，深思熟虑后，心生一个大胆的复仇计划。她叫来媒婆："与普拉斯基的婚事，我应了。过门那天，我要穿内外四件的红绸衣，一个红木雕文床，十套花格被子，十箱竹炮，按我们满人的习俗，这大院里挂灯披彩。"山妹又将媒婆拉到身边，贴着耳根说："你到县城山药店，给我买包'半里倒'，下半晌必须给我送来。"媒婆一听丈二和尚摸不着头，傻呆呆愣着，后问了一句："姑娘，你不是寻短见吧？""你不要多问了，让你去办你就办，否则，这婚我就不结了。"媒婆不敢往下问，心想，只要山妹答应与普拉斯基结婚，就能保住自己的性命，还能领到普拉斯基的赏金。媒婆乐呵呵下山到县城买"半里倒"去了。

"半里倒"是何种东西？它是猎人狩猎时，专为飞禽猛兽下的迷昏药，只要野兽吃了这药，不出半里地，便昏死过去，不费一枪一弹，便可擒活拿下，所以猎人们称这药为"半里倒"。山妹见过父亲曾用"半里倒"捕获过野猪、鹿狍，还有那凶猛的东北虎。

8月8日早晨，太阳出了半山腰，两只乌鸦落在兵营门前的一棵老槐树的枝梢上，哀鸣般地啼叫了几声。不大的兵营，里里外外挂满了红色的彩带，每个房屋门口挂起大红灯笼。俄骑兵第五旅普拉斯基上尉中队长身穿笔挺的军礼服，站在操场中央，这个春风得意的新郎官，命令他手下三十多名士兵到操场列队集合。他扯着尖戾的公鸭嗓子吹嘘道："皇帝陛下，为挽救这个落后的大清国，为俄国人的利益，派我们驻守在这异国他乡的深山老林里。前些日子，我做了个梦，上帝赐给我一个东方美女，像我们俄罗斯中世纪女神安娜·罗梅尼亚一样美丽，她叫山妹。按大清国的习俗，八月八，是个吉祥的好日子，今天，我要娶山妹为妻。兄弟们都要去捧场，用我们俄罗斯舞，用这里的高粱酒祝福我们。”此时，士兵们将军帽不约而同抛向天空齐声呼喊着普拉斯基的名字。

这天，山妹起得很早，表情显得格外镇静和从容。她照了照镜子，眼睛已没了红肿，面色略带点淡淡的红润。这几天，她压着自己，硬是吃进了饭，身体略有了点体力。

山妹静静地坐在椅子上，面无表情地任凭伴娘为她打扮。山妹一身红绸衣装，盘起了头发，戴上漂亮的蝴蝶结，此时的山妹，就像周文王的爱妃“冷美人”，坐在那儿，看着窗外那些眉开眼笑、张张罗罗、不停忙乎的俄军士兵们，心中不禁冷冷一笑。

太阳升至头顶，已近晌午，普拉斯基叩门迈入。但见这个恶棍，身穿黑绸大褂，肩披红绸带，胸别大红花，走到山妹身边，弯下腰，故作温情地说：“请娘子上轿。”说罢，他手向门外一摆，顿时，门前喇叭声起，几个俄军号手吹奏起俄罗斯婚礼曲。紧接着是“噼噼啪啪”震耳的鞭炮声响。普拉斯基轻轻地掀开轿帘，山妹姗姗步入八人抬的大轿。迎亲队伍好不壮观，普拉斯基骑马在前，花轿紧随，后面是吹着西洋乐的几个俄军号手，最后面是一队迈着整齐步伐的俄军士兵。

迎亲的队伍在操场绕了三圈后，便陆续进入婚礼的宴厅——一个俄军士兵聚餐的饭堂。

山妹坐在轿子里，一路心酸，一路泪。她恨这世道的不公，她恨普拉斯基这帮禽兽不如的“老毛子”。她心里暗暗发劲，一定要把这群饿狼送上西天，为冤死的嘎子哥、八爷，为自己那一夜的屈辱报仇！

临下轿前，山妹又摸了摸掖在腰里的那包“半里倒”。

此时老媒婆早就不见了踪影，后来她晓得了“半里倒”的厉害。山妹要是掀起了事端来，那可是凶多吉少。她赶忙拖家带口，投奔远亲去了，哪还敢惦记普拉斯基的赏金，保命吧！

中国司仪有气无力地扯着嗓子喊道：“新娘、新郎及各位入座，点蜡烛，倒喜酒，上菜。”话音刚落，普拉斯基急不可待地念起他久想说的话：“士兵们，今日起，山妹就是我的中国媳妇了。按中国人的叫法，她就是你们的嫂子了，请各位多多关照。”

为今天的婚礼架了八口大锅，杀了两头牛，两头猪，喝的是当地酿造的纯正的高粱烧。这烧酒香醇爽口，入口沸肠，足有六十五度。

这群“老毛子”，个个是酒鬼，两大碗下肚，开始展露出北极熊的野劲。他们脱下上衣，袒露出厚厚的胸毛，乘着酒兴胡乱跳起俄罗斯乡村舞来。山妹的盖头早已被普拉斯基掀开了，任凭普拉斯基百般相劝，大献殷勤，山妹就是不吃一口菜，不喝一口喜酒。普拉斯基命令几个醉意正浓的士兵趴在地上学狗叫，以求山妹的欢颜开心，哪知山妹不动声色地冷冷一笑。就这千金般的一笑，喜得普拉斯基又仰干一碗，顿时，神魂颠倒起来。他欲抱山妹，山妹顺势轻轻一闪，普拉斯基一头栽倒在桌底，吃了个狗啃屎。山妹心想，时候到了。她端起桌上一个酒坛，两眼扫视一下四周，趁老毛子们推杯换盏之际，她立马蹲下身体，迅速从腰间拿出“半里倒”倒入酒坛中，站起身。这时，突然一只毛须须的手搭在她肩上，山妹顿时心中一惊，她猛然回头，普拉斯基一脸醉态朝她傻笑道：“宝贝儿，你干什么呢？”山妹只觉得头冒冷汗，她故作镇静应付道：“我想大喜的日子，应该给士兵们倒酒。”“好，你去倒，全部都倒上。”普拉斯基又扬声大喊：“士兵们，你们的中国嫂子，给你们倒酒了。”

山妹先给普拉斯基倒了满满一碗酒，士兵们都争先恐后地抢着让山妹倒酒。不大会儿，士兵们个个醉如梦幻，口若悬河，胡说八道，普拉斯基一口喝下半碗，又扯住山妹说：“咱俩互敬一杯。”山妹推辞道：“我不会喝酒。”普拉斯基怒喝道：“我们是夫妻了，怎有不喝的道理！”山妹灵机一动，装作难为情的样子，慢慢举碗抿了一口，又“扑哧”一口，使劲吐了出来。普拉斯基一把将山妹搂在怀里，一副心疼的样子：“好了，好了，不会喝就算了，别伤了胃，看夫君我的。”说罢，他将剩下的半碗酒一饮而尽。普拉斯基只觉得天昏地暗，头重脚轻，口干胃胀，舌头发硬，他迷迷糊糊看到周围的士兵们，个个四扬八躺，像一群昏睡的死猪。他猛然觉得山妹倒的酒有点不对劲，难道她下了毒不成。他朦胧中发现，眼前的美人变得狰狞可怕。山妹见普拉斯基上了药劲，心头积蓄的怒火喷射而出！她飞起一脚踢倒晃晃悠悠的普拉斯基，举起一坛酒洒在这个恶魔身上，然后，拿起桌上的蜡烛，抛向普拉斯基。霎时，普拉斯基如同滚动的火球，在地上打滚，“哇哇”嘶叫着，哀号着。山妹又将桌子上所有的酒坛泼向那群昏死过去、恶贯满盈的“老毛子”们身上。普拉斯基身上的火焰引燃了整个大厅。转眼之间，这个俄军兵营，火光冲天，烟雾笼罩。大火引燃了兵营的弹药库，爆炸声此起彼伏。几匹受惊的军马挣脱缰绳，四处狂奔。两个执勤站岗的俄军哨兵，惊慌而逃，半路被愤怒的山民乱刀砍死，扔进荒山野岭喂野狗去了。

大火烧了一昼夜。俄军兵营被烧得片瓦不留，一片灰烬。

普拉斯基等三十多名异邦兵匪在这场熊熊燃烧的大火中，魂断他乡。

山民们急忙四处寻找山妹，终不见踪迹。

清廷闻知，派兵将山妹父母关进了大狱。

若干年后，在兴安岭深处，有个叫“红衣妹”的女子，拉起一竿子人马，袭扰俄国毛贼，与清廷抗垒，杀富济贫，深得人心。有人说，“红衣妹”就是山妹，还有人说，山妹没有躲过那场大火，与“老毛子”们同归于尽了。

不管山妹是死是活，人们都非常敬仰她，怀念她。

山民们为了纪念这个令人敬畏的山村女子，在俄军兵营旧址背面山坡上，修了个庙阁，照山妹的模样，雕塑了一尊仙姑像，取名仙姑阁。这仙姑阁里常年香火不断，山民们将仙姑视为神女、烈女供奉。

新中国成立后，当地政府将山妹的抗俄事迹写进了地方史志。仙姑阁被列入县级文物保护单位。

至今一百多年来，山妹的故事在当地民间仍然广泛流传着，就像兴安岭山间喷涌的泉水，潺潺不息。

一个“海南丢”的故事

民国初年，胶东大地荒芜一片，又是一个大旱年。枯干的河床、颗粒无收的庄稼、成片的田地被太阳烤得裂出道道蛇形缝。一望无际的平川上，看不到一丝的庄稼绿。田埂路边，依稀可见饿死的人尸和牲畜。成群结队的灾民，一拨又一拨地走在通往烟台、威海的路上。一路上，有的妇女怀里抱着吃奶的婴儿，有的男人肩挑着扁担，扁担两头挂着竹筐，筐里装着熟睡的孩子或家什，有的男人推着木轮车，车上坐着老幼。他们背井离乡，告别世代生息的故土，搭船去大连乃至东北腹地，去讨个活路。这样的情景，几乎年年都有，遇灾年更甚。

胶东掖县刘村，有个大户人家，主人叫姜怀生，在奉天经商。娶了个晚清秀才之女，生了两个活泼可爱的儿子。大儿叫佐武，小儿叫佐福。夫妻俩相敬如宾，恩爱有加。这几年，不是涝就是旱，祖辈留下来的百亩大田，颗粒不见。还好，家底厚实，总算挺过了几年。但也不能光靠家底吃饭呀，长了自然“坐吃山空”。姜怀生很有眼光，也很会理财，只身闯关东到了奉天城，瞅着市场行情，在皇姑区小庙子开了一家油漆厂，后又在火车站前开

了一个门脸挺大的油漆经销门市。因他经营有方，几年间，便成了奉天有名的“油漆大王”，他生产的“怀生牌”油漆，畅销东三省，还挤进了京津沪市场。张作霖大帅府内部多处装修，就曾用过他的“怀生牌”油漆。张学良的夫人于凤至对他生产的油漆赞叹不已，说：“怀生油漆，光滑色亮，外表厚重，很有真实感。”从此，姜怀生与大帅府有了交往。逢年过节，大帅府宴请的名单上，自然少不了姜怀生的名字。宴会上，在达官贵人和商业大亨们面前，于凤至免不了捧他两句。有了帅府少夫人的鼎力呵捧，姜怀生在奉天站住了脚跟，还当上了奉天商会的副会长，生意做得十分红火。几年间，那袁大头赚得满箱满柜。腰包鼓了，姜怀生又在老家山东掖县购置了百亩良田，在老宅地上又扩建了十几间青砖大瓦房，成了掖县方圆百里的富豪人家。可惜好景不长，姜怀生突发急病，暴死奉天城，顶梁柱倒了，留下了如花似玉、年仅二十九岁的妻子姜氏和两个年幼的儿子。

凭着姜怀生死前与张大帅府上的人脉关系，亲属、老乡将姜怀生的遗体经火车、轮船托运到山东掖县老家安葬，得以慰藉。那年月，平民百姓客死他乡，千里迢迢想搬尸回家，那是几乎不可能的。

姜氏是个封建守旧的倔强女人，丈夫走后，她决意不再嫁人。为此，她婉言谢绝了亲友们让她再嫁的规劝。姜怀生离世时，大儿子姜佐武八岁，小儿子姜佐福三岁。那年月，正值军阀混战，天灾人祸，民不聊生。姜家在刘村是个小姓，本族人里都是些穷亲戚，也帮不上姜家什么大忙。姜氏靠着丈夫生前留下的家底，拉扯起两个不太懂事的儿子。家里没有男人顶着，孤儿寡母的实在不易。

姜氏的父亲是本县的清末秀才。姜氏姑娘时，也算是个书香才女，她识文断字，知书达理。姜氏的父亲对两个外孙打小就要求严格，两个外孙都在他办的私塾里读书。小哥俩十分好学，《三字经》背得滚瓜烂熟。小儿子姜佐福头脑机敏，乖巧活泼，很像他的父亲姜怀生，深得姥爷和母亲的偏爱。大儿子姜佐武少言寡语，憨厚木讷。哥哥学习自然比不上弟弟，为此，姜佐武的屁股没少挨姥爷的打。

儿时的姜佐福，遇上不顺心的事，或是挨了同伴的欺负，好哭鼻子，谁哄都不好使。一次，从姥爷家出来，也不知为啥，哭了一路，打那儿以后，气管就落了疾，气管炎伴了他一生。

转眼十多年过去了，佐武、佐福长成了大小伙子。姜怀生留下的家底也花得差不多了，姜氏无奈之中又先后变卖了几十亩地、几处房产。这时的姜家开始走向了破败，过起贫穷的日子来。为了生存，哥哥姜佐武去了烟台做工，在烟台给人修鞋。弟弟姜佐福本来经过哥哥介绍也去了烟台，学习做服装，怎奈他实在熬不了夜，学习一年就学习不下去了，就又回到了母亲身边，那一年，他才十六岁。

姜佐福叔伯哥哥姜佐文在大连做卖鱼的生意，每到月底，姜佐文都往老家寄二十块大洋。在当时，一块大洋就能买来一袋面，一双老头底布鞋，一件马褂。而一袋面是够三口之家享用一个月的。那样温饱式生活，让姜佐福羡慕不已。

一天午后，姜佐福爬到家门口的大树上睡觉，蒙眬间听邮差敲着叔伯哥哥邮来的二十块大洋，烈日下，丁当丁当响的大洋，银光闪闪，十分耀眼。姜佐福心动了，他也想试试闯关东。他跳下了树，扭身进了家门，拉着母亲的手，央求道："娘，咱这儿地，年年干旱遭灾，家里快揭不开锅了。我老大不小了，不能总靠您养活啊，您看，佐文大哥多能干，每个月都给嫂子寄钱。我去大连找他去。我也要闯关东。"母亲从姜佐文媳妇那里要来姜佐文在大连的地址，依依不舍，含泪送走了她身边的小儿子，也是她身边最后的一个亲人。临别时，在村口的老槐树下，壮志满怀的少年姜佐福拉着母亲的手，跪在母亲身边，流着眼泪跟娘说："娘，孩儿不孝，不能守在您身边，让您受苦了。等孩儿赚了钱，有了住的地方，一定回来接您。"母亲抚摸着儿子的脸，豆大的泪珠滴在儿子的额头上。她对小儿说："小福啊，多听你佐文哥哥的话，遇事稳住性子，动脑筋。娘不指望着你养活，你平安就行。"记下母亲的叮嘱，小佐福慢慢松开了母亲的手，转身上路了。当他回过头，看到母亲还伫立在村口的老槐树下，不停地向他挥手，夕阳下，母亲的身形显得那么孤弱矮小。他冲着母亲又跪了下来，朝着母亲连叩了三个头，起身踏上了他的闯关东之路。

1935年，十六岁的姜佐福告别了母亲，告别了生他养他的齐鲁大地，身上只揣了一块家里省吃俭用攒下来的大洋，就上了开往大连的船。离家后是福，还是祸？不知道。出去后是生，还是死？也不知道。

乘的是日本"昭和号"客船，姜佐福坐在上铺。没有料到的是，船行到半路竟然漏水了，一波一波的海水涌入船舱内，眨眼工夫，就淹过了下铺。船舱内充满妇女、小孩的惊叫和哭号声，一船从山东来大连的人开始流泪。原本下定决心背井离乡，东借西凑买了船票，是为躲避灾荒讨个生路，可如今就要葬身大海。年龄大的人开始跪在甲板上，冲着山东老家的方向磕头遥拜，一幅生离死别的悲凄场面。姜佐福哭了，跟着大人们也拜了起来："娘啊！看样子我回不了山东老家了。孩儿不能赚钱养活您了！"日本人一边安慰船上悲恸惊慌的人们，一边开了几台抽水机抽水，总算把漏点堵住了。本该一天就能到达的路程，"昭和号"在海上整整漂流了三天三夜，如果再遇上七八级大风，这条船可就玩完了。在海上漂流的三天三夜里，每人一天只给一碗稀饭，但值得庆幸的是，"昭和号"摇摇晃晃最后还是靠上了大连港码头。

码头上挤满了从山东逃难来的灾民，他们有的坐在道牙上吸烟聊天，有的倚着墙根喝粥啃杠子头烧饼，有的一家几口搭地铺睡觉，还有的身上裹着麻袋片在人群中要饭，他们大都举目无亲。一些壮年汉子四处张望，巴望着有人找他们干活。一些人贩子穿梭于灾民中，专挑俊俏的大姑娘小媳妇，卖给富人家当丫鬟，其中也有被拐骗到妓院当窑姐的。许多灾民陆续涌到寺儿沟，或是香炉礁的贫民窑栖居。寺儿沟的贫民窑，人称"红房子"，那里的男人们大多在码头上当苦力。也有一些灾民在大连歇个脚后，向东北腹地讨生，渴望在那片富饶的黑土地上，辛勤耕耘，实现他们梦幻般的美好生活。

千千万万的山东人，从清末民初开始，就这样前仆后继，经过几代的迁徙移民，他们在大连这块殖民地，生根繁衍，他们离开故土，把生存的希望寄托于异地他乡。这个多少代形成的庞大的移民群体被称为“海南丢”。因为他们是从海的南面漂流过来的，他们是外来户，是被人丢下的。而当地土生土长的大连人，被叫成“此地霸子”，他们起初瞧不起外来人，以地主自居，显得横竖有些霸道。“海南丢”也好，“此地霸子”也罢，多数都是穷苦人，贫困使他们最后融在一起，通婚结亲，繁衍后代，共同为生存而打拼。

从山东漂洋过海来的姜佐福，从此就成了一个地地道道的“海南丢”了。

姜佐福拿着叔伯哥哥姜佐文的地址，几经周折，在火车站北一间俄式出租房里，找到了姜佐文。他便和哥哥挤在这间潮湿昏暗的房间里吃住。平日里，他帮哥哥到青泥洼一带卖鱼。和哥哥干了一段时间后，觉得赚得太少，便自己出来单干，每天早上三四点钟到黑嘴子码头拿鱼，然后到街上卖。因为没有经营手续，靠低价吸引顾客买他的鱼。青泥洼有日本人的警察所，养了一帮日本浪人。姜佐福有一次到青泥洼卖鱼，被他们抓到了，东西都抢去了不说，还被打了一顿。日本人警告他：如果再抓到你，就把你送到旅顺大狱。一个日本浪人趾高气扬，用生硬的中国话说，你是刚来的吧，大连是什么地方？是日本的关东州。这儿有句俗话，到了青泥洼，先说日本话，吃饭叫米西，骂人叫八嘎。说完，这些日本人便哈哈大笑起来。

卖鱼被打之后，姜佐福就不再卖鱼了。在一位山东老乡的介绍下，他在浪速町（今天津街）一家叫“西洋电器修理部”学起了修理无线电。当学徒是要吃苦的，可他仍受不了熬夜的痛苦折磨，学徒没几天，又放弃了。不久，他结交了一位掖县老乡，这个老乡在大连搞建筑，就是现在人们常说的“包工头子”，这个老乡见姜佐福老实巴交，就收留了他。在这里，姜佐福认识了日本建筑师福田义仁。福田是日本早稻田大学建筑工程系毕业的，对当地人比较温和，不像其他日本人那样专横跋扈。姜佐福就拜他为师，跟着他很快学会了瓦工手艺。福田工作上的敬业，技术上的精益求精，一丝不苟的精神让姜佐福非常敬佩。当年的日本关州厅（今大连市政府），几久屋商店（今天百大楼），浪速町一带的房子，姜佐福都参与了建设。

姜佐福心灵手巧，很快掌握了瓦工的关键技术，深得老板和福田的赏识。刚来大连时，姜佐福每个月只能往家里寄一到三块大洋，学了瓦工后，每个月能往家里寄二十块大洋，当年的羡慕和梦想变成了现实，心里美滋滋的。他想，娘啊，您再也不愁吃，不愁穿了，又能天天吃上白面馍馍了。

一天，福田找到姜佐福说，他揽了一个大活儿，去黑龙江虎林县构建一个军事工程。他看好姜佐福的手艺，央求姜佐福与他同去，每月给他五十块大洋的酬劳，工期半年。姜佐福犹豫了一下，但考虑到福田的诚意，多年的交往及可观的收入，他还是去了。

姜佐福和福田从大连启程，一路颠簸，八天后，终于到了靠近中苏边境的虎林县。

在连绵起伏的山脉间，日军在修建一个庞大的军事工程，这里日军岗哨林立，戒备森严，姜佐福感受到了它的恐怖和神秘。众所周知，日军为了预防苏军进攻而修建了此项军事工程，称作“虎林要塞”。姜佐福当时不知情，但他多少感到了它在日本人心中的重要性。

日军诱骗或强行抓来大批中国劳工，为日军修建这座神秘的军事要塞。劳工们整天吃的是橡子面、发霉的米，住的是四面透风不遮雨的草棚。三天两头，就会有病死、累死、饿死或被日军毒打致死的穷苦劳工，尸体被日军扔到荒山野岭，任凭野兽啃吃。姜佐福因为有福田的关照，平日与福田同吃同住，待遇截然不同，住的是整洁严实的木板房，睡的是铁架床，吃的是上等米面。

姜佐福后来知道，福田承建了要塞中的一处项目，与军方签订了半年的施工合同。姜佐福亲眼目睹了日军每当修建完一项军事工程后，因担心中国劳工出去后泄露消息，竟丧心病狂、惨无人道地将参与施工的中国劳工拉到山林里，集中枪杀或活埋。日军的残忍暴行深深刺痛了姜佐福的心灵。

姜佐福心里开始忐忑不安，心想，我也是中国人，说不好哪天，日本人用完了我，一样把我拉出去杀了。他后悔当初不该答应福田来到这人间炼狱般的地方。他每天都在恐惧中慢慢煎熬。

福田承建的那项军事工程即将完工时，一天深夜，福田匆忙进屋，拉醒熟睡中的姜佐福，告诉他，因为你是中国人，军方已将你列入死亡名单，你赶紧逃出去。我给你办了个要塞特别通行证和满洲良民证。今晚，你必须离开这里，否则，就来不及了。福田给姜佐福换上日本兵军服，乔装打扮一番后，在福田的帮助下，他终于逃出了虎林要塞。福田亲自驾驶摩托车将他送到火车站，又将二百块大洋塞给了他。姜佐福犹如下了一次地狱，终于挣脱出来，返回了大连。

在姜佐福二十三岁的时候，有一个日本姑娘闯进了他的生活，演绎了一段跨国的浪漫爱情佳话。

姜佐福在浪速町几久屋商店租了个摊位卖布料。因生意关系，他认识了一个开布店的日本老板阿部一郎，两个人相处得很好。阿部的女儿良子与姜佐福年龄相仿，她皮肤白皙，眉清目秀，端庄贤淑。姜佐福如今身材魁梧，四方大脸，相貌堂堂，举止言谈中透出山东汉子刚毅爽直的性格。他为人坦诚厚道，做生意讲信誉，从不坑蒙顾客。他卖的布料，质地优良，价钱适中，很受顾客的青睐。在浪速町口碑颇好，自然也深得良子的好感。

良子十三岁时，跟随父亲在大连做生意，并深深爱上了大连这片土地。她能说一口流利的汉语。三天两头，到姜佐福的摊位前与他闲聊，一来二去的两个人熟了。良子经常把自己做的寿司拿给姜佐福吃，有时，还帮助姜佐福收拾摊位，给他洗衣服，把姜佐福这个闯关东过来的“海南丢”打扮得利利索索。姜佐福被良子的真情感动了，打心眼里喜欢上了她。他们彼此的心渐渐贴在了一起。良子告诉他，她的家乡在日本的神奈川，那里依山傍海，四季如春，鱼类加工业和旅游业十分发达。良子酷爱家乡的樱花，每逢樱花绽放时，她都会穿上和服，与外婆、母亲、弟弟妹妹们去观赏鲜艳美丽的樱花。良子的童年是在耳边伴着大海的浪涛声度过的，她最爱吃妈妈做的寿司卷和鱼子酱。逢年过节，她坐着家里牛拉的木轮车，到街里观看渔家舞、水稻舞，渔民们欢天喜地唱着当地的民歌。浓郁的乡土情调，田园牧歌般的生活，深深地印在良子最美好的童年记忆里。良子十三岁时，母亲撒手人寰，父亲带着她到了大连，在浪速町做起布料生意。转眼十年过去了，良子真心喜欢上了这块与家乡相近的土地。姜佐福也将自己由富至贫的家史讲给她听，两个异国年轻人，就这样相识相恋了。日本投降后不久，良子的父亲阿部因拒绝向苏军交出库存的布品，被苏军士兵开枪打死，丢下举目无亲的良子。姜佐福更加关爱良子了，他憎恨日本帝国主义发动的这场战争，给两国平民带来了骨肉分离的伤痛。良子钟情姜佐福，也怀念自己的故乡和亲人。国民政府依据战后盟军协议，开始陆续遣返日本滞华人员。良子舍不得姜佐福，更舍不得那段恋情，她苦苦央求姜佐福跟她一同回日本，被姜佐福婉言谢绝了。他对良子说，山东老家有老母亲需要我赡养，我不会丢下老母亲与你同去的。那些日子里，良子经常以泪洗面。

这天，国民政府租用的商船靠港来接日本人回国，良子依依不舍地走上船梯，望着站在码头上向她不停挥手的姜佐福，此时，良子的心都碎了，泪水一次又一次地浸满了眼眶。一声笛响，船徐徐起航了，如同撕开了两个年轻人的心。姜佐福跑向港口码头的尽头，两眼死死盯住站在船甲板上不停哭泣的良子，船渐渐地远去了，良子的身影已变得模糊不清，姜佐福这条打死不弯腰、不掉泪的山东汉子，此时，已泪流满面。就这样，一对异国情侣最终没有能走到一起。

良子离开后，姜佐福情绪低落到了极点，那是他的初恋，投入了那么多的情感。他放弃了布摊，跟一个掖县老乡又做回了建筑工作。这个掖县老乡也是个搞建筑的老板，有两个老婆，一个养女，看在姜佐福与他都是掖县人的份上，他不用姜佐福在工地上干活，只在他家里做伙计。姜佐福平日里给老板家做饭，扫卫生，串串堂子，报个音信，传个话儿。有时晚上老板招赌客们打麻将，他就去跑个腿，买烟倒茶水。撤局时，赌客们各抽几个大洋子甩给姜佐福。

一天晚上，老板把姜佐福叫到身边说："今后，天下是共产党的了，我不知道以后的日子能是什么样，我决定带我的两个老婆去香港。但是我那个养女不愿意跟我们走，我放心不下。咱们相识多年，又是同乡，我觉得你这个年轻人厚道老实，重情义，如果可以的话，我想把养女嫁给你，她跟你在一起，我也就放心了。"但姜佐福与养女两个人似乎天生没有缘分，或许是他还留恋与良子那段情缘吧，始终没有碰撞出爱情的火花，不久，两个人也就各奔东西了。

临近解放前的那几年，姜佐福在秋林百货、天津街的妇女门市卖过土杂，做过百货批发，通过客户介绍认识了后来的发妻赵彩琴。赵彩琴祖上山东莱阳，"海南丢"的后代。当姜佐福把多年闯关东积攒下来的大洋、银票放在赵彩琴母亲的眼前时，这门亲事就成了。赵彩琴小姜佐福十一岁，她性情温和，少言寡语，勤劳贤惠。他们婚后幸福美满，育有六个儿女。公私合营时，姜佐福把个人资产全部上缴给了国家。后来姜佐福进了大连红星化工厂工作。

姜佐福娶妻生子后，居住在大连长春路一幢日式小楼里。建国后，他多次回山东老家劝母亲到大连与他一起生活，静养晚年。可老母亲舍不得那几间祖上留下的老宅屋，和那里的乡邻。母亲拉着儿子的手说：“娘知道你打小就孝敬，娘习惯了乡下生活，家里有菜园子，有庄稼地，有猪有鸡，还是乡下好。”母亲于八十九岁那年过世，没能将母亲接来大连，成了姜佐福一生的遗憾。

姜佐福和许多从山东漂海过来的“海南丢”们一样，在日本殖民统治时期的大连，饱受歧视和磨难，甚至献出了生命。同时，“海南丢”们为这座城市早期的崛起和发展，付出了聪明和才智，做出了巨大贡献。他们把齐鲁文化、饮食习性、地域方言带到这里，积淀丰富了这座城市的历史厚度。

目前，大连百分之七十以上的人都是山东人的后裔。一百多年来，他们在这里生息劳作，繁衍子孙。一代接一代去塑造大连这座美丽的海滨城市，写下了大连近代移民史上最耀眼的一页！

“海南丢”是大连建市史上一个永恒的印记！

洪湖歌女

2000年秋。

这天，我撰写的短篇小说《塔山不眠》刚刚封稿，就接到市文联小张的电话，他告诉我，市作协邀请几位年轻作家，到武汉参加一个研讨会，我也在其中。研讨会的大致内容是，探讨都市文学的发展趋势，未来都市文学创作的走向。如能借此机会，与同行们一起探讨一下中国都市文学创作的发展趋势，应该说是有益的，我愉快地答应了小张。

去武汉，我选择乘火车。

十五年前，我在东北某部队任新闻干事时去过一次武汉，是接新兵。一路观光采风，笔下生花，随感不断。这次，我想重温过去，找点感觉。

当列车进入云雾环绕的大别山，望着主峰鸡公山顶，苍松翠绿、巍峨雄壮。我的眼前，仿佛看到了刘邓大军，冲破国民党几十万大军的重重围阻，千里跃进大别山，拉开了中国人民解放战争的序幕！

到了武汉，我住在省文化厅招待所。我与有“酒仙”之誉的乡村作家李苗住在一个房间。晚上，乘着初秋的凉

意，我俩兴致勃勃到武昌街头逛夜市。武汉是中原重镇，辛亥革命的发源地，街头巷尾随处可见中山先生的雕像。“酒仙”把我拉进闹市中一家小酒馆，点了几盘当地小菜，海阔天空地侃谈起来。“酒仙”喝的是白酒“黄鹤楼”，我以啤酒与他对垒。酒过三巡，“酒仙”三四两下肚，脸色红润，飘飘然来。他出言道，湖北这个地方，人杰地灵、历史悠久。俗称，天上九头鸟，地上湖北佬。可想而知，湖北人的精明是何等过人。

出了饭店，已是晚上八时许，看着街上熙熙攘攘的人群，一点倦意也没有，过了一个巷口，道边一个巨大广告牌上的人物影像映入我的眼帘：一位身穿白纱裙、手持鲜花、青春靓丽的女演员站在舞台上，她短发飘逸，一双丹凤眼，荧光灯下显得婀娜多姿。她身旁清晰写着一行字：省著名歌手李梅梅专场音乐会。

李梅梅，好熟悉的名字啊。再打量着她的广告像，似乎在什么地方见过。“酒仙”拥了我一下：“你怔着看什么？怎么，这个美女把你迷住了？”广告牌下面有个小报摊，一位年过花甲的老妇不停地吆喝道：“晚报，两角钱一份，请看歌星李梅梅独唱音乐会。”我疾步上前买了一份。

回到房间，顾不得洗漱，我一头倒在床上，翻开报纸，寻找那个叫李梅梅的蛛丝马迹。“酒仙”已呼呼大睡，鼾声如雷。报纸二版有个通栏标题，十分醒目，极具商品广告的鼓动性：搏志数年，终成大器，著名青年女歌手李梅梅在市文化宫举办个人演唱会。下面有一段文字，简要介绍了她的简历：李梅梅芳龄三十，出身鱼米之乡洪湖，家境贫寒。她自小发奋努力，刻苦习乐，历经坎坷，成绩斐然，多次获得省内外歌手比赛民族唱法大奖。她嗓音圆润、甜美动听，深受观众喜爱。这使我联想起十五年前我在洪湖遇到过的一个女孩，也叫李梅梅，觉得十分像她。这一夜，我彻夜未眠……

第二天下午，研讨会结束后，我找到湖北省文联的一位熟人，弄了一张当晚李梅梅独唱音乐会的门票。

我提前二十分钟来到武汉市文化宫，此时，剧场几乎座无虚席。

我焦急等待着开幕，期待着她的出现，来验证我近乎梦幻般的判断。终于，围幕拉开，庞大的乐队依次排开，年轻、魅力十足的女主持人走向台前，以激情的文字、广告似的夸赞，介绍了李梅梅一个个金色的光环，就像街头广告牌和报纸宣传的一样。最后，在优雅激情的音乐伴奏下，隆重请出李梅梅。她终于登场了——真是千呼万唤始出来。

李梅梅像银幕上所有女歌星一样，华丽高贵，颇显庄重而典雅，成熟而有风度。我虽坐在十五排，相距舞台四十米，但在灯光辐射下，我一眼认准是她，对，一定是她！没错。那清秀的脸庞、白皙的肤色、两个清晰有神的大眼睛，楚楚动人。虽然少了天真，却多了些成熟与风情，仍不失当年的娇媚与活泼。她唱的第一首歌是《洪湖水浪打浪》，是啊，这是她家乡的歌。洪湖水给予了她的生命，也孕育了她的歌喉，她是带着对家乡的那份眷念的情感，抒发着对家乡的无限感怀。她音质纯正，丝丝渗透着原生态乡土民歌的味道。还是从前那个小姑娘的声音，只不过受了专业的训练，更拓宽、更圆润了。一晃十五年了，想不到一个唱着渔家歌谣的农家女娃，出落成一个小有名气的青年歌手。此时，十五年前那个小姑娘的影子如同电影一般时不时地出现在我的眼前，那个迄今叫我难以忘怀的旧事，又历历在目……

1985年秋，当时身穿草绿色军装的我，风华正茂。这天我接受一项新任务，到湖北省洪湖县接新兵。那时，我在东北某部队任新闻干事。我对革命老区向往已久。儿时，听说过洪湖赤卫队的故事，还听说故事中的韩英是贺龙元帅的胞妹。我决心利用这次接新兵的机会，寻找红色经典的足迹。

到了武汉，我马上到接兵指挥部报到。指挥部的领导向我交代了任务。我的任务是到湖北省洪湖县永丰、万泉两个村镇接新兵。具体事宜与县镇两级人武部联系。

离开指挥部，我与同行的几位同事在汉口一个私家小旅店住下。临去洪湖前，我抓紧时间，匆忙参观了武汉长江大桥、武昌起义纪念馆，浏览了市容，第二天一早，我们登上了驶往洪湖的客轮。这天，阴雨蒙蒙，江面上船影棋布，笛声不断。两岸是林立的楼宇，繁忙的工厂、码头，安静的村落，绿茵的田野，农夫牵着水牛在水田里犁耕，顽童骑着水牛懒散地甩着鞭子，遥望此景，我耳边忽然响起杜甫那句诗："牧童遥指杏花村"。长江在我心中是永恒的浩然博大。长江滚滚东流去，彰显无数风流人物。毛泽东畅游长江、指点大江南北的宏大胸襟，使无数自封圣者的伟人们，竞相折腰。长江是中国的母亲河，是祖国五千年文明的发源地，她记载着我们祖先积淀的历史，她延续着古老与现代，呼唤着今天与明天。当客轮驶进赤壁水域，我站在甲板上凝视对岸的山崖峭壁，两个巨大的红字——赤壁，映入我的眼帘。我仿佛看到千年前两岸旌旗挥舞、鼓声振鸣、刀光剑影。又犹如看到了诸葛亮借东风火烧曹军兵船的惨烈壮观的场面。如今，没有了嘈杂，没有了厮杀，没有了熊熊火焰，只有滔滔不尽的长江水，述说着千年前那场震惊华夏的水战。

黄昏时分，船靠上洪湖码头。我们临时下榻在县政府招待所。第二天一早，还未洗尽疲劳，我就独自一人参观了洪湖赤卫队和鄂豫皖湘革命纪念馆，缅怀革命先辈的历史功勋。

中午，在一个农家菜馆，我点了一个洪湖特色菜——粉丝炖野鸭。我细品着质嫩的鸭肉，耳边响起歌剧《洪湖赤卫队》里韩英那段唱词："四处野鸭和菱藕，秋收满帆稻谷香……”

洪湖人对贺龙有着难以割舍的感情，称他为“贺胡子”亲昵有加，每每讲述贺龙的故事，缅怀崇敬之情溢于言表。

洪湖是革命老区，为中国革命输送了大批骨干。这里曾走出数十位共和国开国将军，像黄新廷、杨秀山、黄新义、鲁赤城、李书茂等。同时，洪湖为新中国的诞生牺牲了大批优秀儿女。

我带着一颗十分崇敬和仰慕的心情看待这里的人们和周围的一切，包括它的一草一木、街头巷尾、农家寒舍、小溪田野。

我负责永丰、万泉两个镇的接兵工作。我住在万泉镇政府招待所，并在此所办公。这天，我在室内查阅镇人武部提供的适龄青年报名参军人员简历。突然，楼道传来几声喧哗，有人在喊：“接兵的领导住在哪儿？”听得出，是一位中年男人的话音。我应声走出了屋。中年男子见我一身戎装，一把抓住我的手：“解放军同志，您是接新兵的吧？”我点点头，他顺势将他身后一位十五六岁模样的少女推到我面前：“我这女娃，天生嗓子好，到部队文工团唱歌好不好？”我仔细打量站在我眼前的这个扎着两根小辫的女孩，气质清丽，面容姣好，两个清澈有神的大眼睛，显得天真无邪。

我将他们父女俩请进了屋里。

望着父女俩恳切的目光，我耐心向他们解释道：上级没有给咱们县女兵指标，也就是说，今年咱们县只招男兵，不招女兵。中年男子听我这么一说，急得不得了。

忙叫女儿：“我这女娃，歌唱得好着呢，十里八村没有不知道的。来，小梅，给这位解放军同志唱几句。”小姑娘一点也不拘谨，端端正正站在我面前，落落大方，“我就给您唱首俺家乡的歌吧。”小姑娘十分自信地说。她放开喉咙唱了起来：“洪湖水呀浪呀嘛浪打浪啊，洪湖岸边是呀嘛是家乡啊，清早船儿去呀去撒网，晚上回来鱼满舱啊，啊……”歌声清亮如水，嗓子圆润，如同我想象中的在田埂地头、山冈渔船上蹦蹦跳跳的农家女孩，在放声咏唱山歌，听起来还真有点原生态的味道。这孩子音质很好，很有天赋。我哥哥打小在少年宫学习声乐，他常在家里学舌咏歌，因此，我对声乐略知点皮毛。我心里断道，这个小姑娘是个唱歌的好苗子。“解放军同志，您就把她带走吧。她做梦都想当文艺兵啊！”小姑娘的父亲拉着我的手，使劲地摇晃着说。“解放军大哥，我要当兵，当个文艺兵！”小姑娘扯着我的衣角，恳求着，眼里闪动着泪花。

我着实被他们父女俩的执着劲感动了。我不停地安慰他们，这事是个政策问题，小姑娘的情况我可以向上级组织反映。这时，镇人武部张部长一阵风似的进来了，那嗓门如雷声一般：“高干事，这个孩子叫李梅梅，是远近闻名的农家小歌手。她曾代表镇参加过县里的文艺汇演呢！你跟上边通融通融，要个女兵指标，算特招，把她送到部队文工团去吧。这孩子准是块好材料。”经张部长几句介绍，说实在的，我真的动心了。我深知，这事是相当的难办。

送走了他们父女俩和张部长，我独自坐在椅子上，望着天花板寻思着，整个武汉市今年只招十几个女兵，而她一个贫寒的农家子女，既无背景又无靠山，想拿到一个名额很难。我抱着试试看的想法，给远在武汉接兵指挥部的领导打了个电话。指挥部的领导十分严肃地对我说，这是个原则问题，我们没有这个权力，更没有这个义务去为一个偏远农村的女孩子破这个例。最后，他嘲讽我，高干事你是不是有点感情用事了。放下电话，我的心很不平静，我想到了著名电影表演艺术家田华，她就是个农村女娃，唱着山歌参军的，后来成为家喻户晓的电影明星。田华有天赋，当然，也赶上了好机会。李梅梅的先天条件那么好，将来一定是个可塑之才。我心有不甘，第二天，和人武部张部长决定走访一下梅梅家。我俩乘小木船走水路来到洪湖岸边，望着碧波荡漾的湖水和满岸无尽的芦苇，顿时，心旷神怡，我好像听到了当年赤卫队员吹起的牛角声，看到了他们神出鬼没，与白匪周旋于芦苇荡中的情景。嘴中不由得唱起《洪湖水浪打浪》那首歌。张部长指着岸边几间低矮的农舍告诉我，那就是梅梅的家。我们走进梅梅家里，父女俩十分热情地接待了我们。梅梅显得很大方，给我们沏茶倒水。这是一个简陋的农舍之家，三间草房，除了两张床之外家里没有一件像样的家具。梅梅的父亲告诉我，梅梅八岁时她母亲得了癌症去世了，他是又当爹又当娘，把她拉扯大了。他又诚恳地对我说："孩子听说部队来招兵了，高兴得不得了，整天磨我、扯我，让我去找你们。张部长，你最了解梅梅这孩子。她歌唱得好，你最有发言权了。"张部长接下了话茬："是啊，梅梅几次代表镇上到县里参加文艺汇演，她都得了奖呢。县长还给她戴过大红花呢。”梅梅忙从柜里拿来一张彩照给我看，梅梅站在舞台上，胸前戴着大红花，神采飞扬。

在闲谈中得知，梅梅的爷爷曾是位英勇善战的洪湖赤卫队队员。在一次突围中，与韩英一起掩护队伍转移时，俩人同时壮烈牺牲。我心中不免暗暗惊叹，梅梅是革命的后代，根红苗正。她完全有理由、有条件去实现她的理想。

回到宿舍，我思绪万千，梅梅有才华有理想，她的先人为劳苦大众的翻身解放献出了宝贵生命，我们有理由为她指引一条实现理想的坦途。有些干部，功成名就后，忘掉了百姓是他们的衣食父母，是人民养育了他们，渐渐脱离了群众，高高在上，群众的疾苦问得少了。他们似乎忘掉了当年的沙场硝烟，也似乎忘掉了当年支持过他们、掩护过他们的人民群众。在那艰苦卓绝的岁月里，我们脚上穿着的是大娘大婶纳的“千层底”，喝着她们做的小米粥、南瓜汤。多少个“沂蒙”式军嫂，用乳汁挽救过我们生命垂危的子弟兵。

第二天一大早，我绕过省接兵指挥部，直接与在军区歌舞团创作室当编剧的老同学王峰通了电话，介绍了梅梅的自然情况。以专业的眼光向他保证，梅梅绝对是个唱歌的好苗子，而且是原生态的，前途无量，希望他能把她特招到歌舞团。王峰答应我尽最大的努力做团里领导的工作。我知道，这是我最后一线希望，也是梅梅能看到的最后一道曙光了。晚上八点，王峰的电话让我彻底失望了，他转告歌舞团领导的话，像梅梅这样的情况全国各地多得是，她可以报考音乐学院。几句官话，砸碎了我的企盼。我不客气地嘲讽道：你们歌舞团里滥竽充数的人还少吗？！他们中不乏有天资一般，靠挖门子、盗洞子混个文艺兵，一瓶子不满半瓶子晃。

我的整个心像泄了气的皮球。第二天，我一脸苦笑跟张部长说，梅梅的事我确实帮不了她。张部长显得十分通情达理："你尽力就行了，梅梅和她父亲的工作我来做。"

一个多月后，我在洪湖的接兵工作结束了。这天，我带领一百五十个新兵，踏上了归队的路程。

临上船时，梅梅和她的父亲来到码头送我。梅梅的表情显得很无助、很茫然，我此时的表情也显得很无奈。我最后安慰她："梅梅，别放弃，你可以报考音乐学院，可以报考省市歌舞团。"梅梅带着自信的语气回答我说："大哥，你放心，我会努力，绝不会放弃的！"

这时，我看到梅梅的眼圈有些微微发红。我又鼓励她："你一定会成功的。唱歌这条路，一定要走下去，别泄气。"梅梅父亲拿来一袋约五斤重的莲子送给我，说："小伙子，这是洪湖的莲子，送给你，一点心意，别忘了洪湖的老百姓。"我执意不肯，但盛情难却，最后还是收下了。我从胸前兜里掏出那支我最喜爱的金笔，送给了梅梅。这支金笔是八二年我获东北地区短篇小说创作二等奖的奖品。

船徐徐起航了。我依依不舍地望着站在码头上向我不停挥手的梅梅和她的父亲。我是带着遗憾和无奈、带着对老区无限敬仰的心情离开洪湖的。十几年来，那个天真可爱，唱着红歌的小姑娘的影子，总是无法消失在我的记忆里。

一眨眼过了十五年，想不到一个在田野渔村长大的农家小姑娘，如今站在大雅之堂，众目睽睽之下，博得观众的喝彩，成为闻名遐迩的青年歌手。

中场休息时，我买了束鲜花，花中夹着我的名片。来到后台，我叫一位工作人员将鲜花转送给李梅梅。

第二天，省作协安排我们到二汽参观。这是一个大型国有汽车制造企业，国产东风汽车系列享誉全国，如今，在市场经济竞争压力下，举步维艰。企业目前正与外国汽车同行联姻，重整旗鼓，抢回市场。刚听完厂领导的介绍，我终于接到那个让我久等的电话，是梅梅打来的，她惊喜地说，你就是当年到洪湖接兵的高大哥吗？我笑着告诉她，是的。梅梅约我下午四点在武汉宾馆见面。

我如约赴会。我们像久别亲人似的热谈起来，卸了妆的梅梅显得质朴大方。“我没看错，你必成大器。”梅梅谦虚地应道：“如果没有您当初的鼓励，我恐怕没有今天。”我告诉她，我如今脱了军装，转业到一家航空公司，这次到武汉参加省作协举办的文学创作研讨会，想不到我会以这种形式与你相遇。她说我胖了，没了当年的英俊帅气。我们毫无拘束，彼此述说着十五年来的岁月往事。服务生上了几碟小菜，边吃边唠。她向我慢慢述说着这些年来她所走过的曲折不平的路……

自打在洪湖码头我们分别后，梅梅父亲下决心圆女儿的梦。他变卖了家里的房子，在县城租了间简易的偏厦子。他把梅梅送到县文化馆办的声乐辅导班学习。为凑齐梅梅的学费，他在城里四处打零工，当过搬运工、捡过破烂、跟车到几十里外的河套拉沙子。梅梅学习十分用功，文化馆的老师非常欣赏她，觉得她在声乐方面，确有天赋。1987年，省一所艺术学校声乐系到洪湖县招生，梅梅是唯一被选中的。在艺术学校的日日夜夜里，梅梅发奋习练、努力钻研，寒冬时节，外面飘着雪花，晚饭后，别的同学都在宿舍里休息，侃谈闲语，她独自一人来到空旷凉冷的教室里反复练习声腔。为了减轻父亲的负担，星期天，她到校外一家小卖店打零杂，补贴自己的学费，她去食堂吃饭，总是买最便宜的饭菜吃。

入学的第一个春节，她是在学校过的，当时，她只怀揣五元钱，连乘船回家过年的路费都不够。除夕夜，在空荡荡的女生宿舍楼里，她和一位打更值班的老大妈一起吃的年夜饺子。倒在床上，窗外焰火当空，爆竹声声，她将被蒙在脸上，低声泣泪，她想起过去在洪湖岸边的草房子里过年时，吃爸爸亲手做的打年糕、炸鱼丸，还有姑姑、婶婶们包的莲花菜馅饺子。此时，她最思念的是孤苦伶仃的爸爸，她多么想回家和爸爸一起过春节啊！之前，她担心爸爸牵挂，写信给爸爸，撒谎说："春节有演出，不能回家了。"在春节七天的假期里，她仍然和往常一样，坚持练习唱功，她模仿郭兰英、王昆老师的声腔，矫正自己发音的不足，她翻阅声乐知识的书籍，结合自己的体会在日记中写下心得。梅花香自苦寒来，学校每次考试她都名列前茅，一次，学校举行声乐比赛，她获得了第一名。梅梅苦练声乐的事，引起了学校陈俊如教授的注意，陈教授是省声乐界非常有名望的资深专家，他将梅梅收为弟子，细心调教，专心辅导，梅梅进步很快。在学校的推荐下，她开始不间断地参加省市各种声乐比赛和商业演出，渐渐地，梅梅在省城有了点小名气。因为她将民族唱法与通俗唱法刚柔并济，包容相间，很有创新特点，引起了行内人士及观众的普遍认可。

梅梅动人的歌喉和靓丽的形象气质，被省城一家知名文化娱乐公司看中，有意打造她成为流行乐坛的歌手。不久，梅梅加入这家文化娱乐公司，成为签约歌手。之后，频频参加各种演出，名气迅速攀升，成为省内多家企业、公司产品的形象代言人，出场费也水涨船高。短短几年时间，梅梅红遍了中原，腰包鼓了，她为父亲在老家县城，买了一套一百四十平方米的房子，又亲自为父亲物色了一位贤惠善良的老伴儿。

吃过饭，我坐着梅梅开的红色保时捷跑车，在市内兜了一圈后，来到武汉长江大桥。我们漫步在人行道上，望着两岸万家灯火。借着月光，我凝视站在我眼前的梅梅，在晚风吹拂下，她松散的短发，丝丝飘逸，面容显得自豪和轻松，看得出她对这座城市有着难以割舍的感情。她爱这座城市，是它给予了她艺术生命，不尽的鲜花和掌声。是的，她成功了，有名气了，她是依着自己的歌唱才华和不懈努力，唱响了自己，赢得了掌声。她走了一条我们许多成名歌手所走过的路。我发自内心地感叹道，世上有文艺天赋的孩子，比比皆是，真正能登上理想之巅的，却凤毛麟角，原因呢，就是缺乏超人的毅力和披荆斩棘的信心，而梅梅恰恰具备了这一点。当然，梅梅的成功，有她自身的发力，也有外界的推力。我深知，一个成功的歌手，他的成长，需要阳光和雨露，同时，也要经历无数次挫折和坎坷，失落和扬起，就像激流中一叶扁舟，经惊涛骇浪，绕暗礁浅滩，最终登上理想的彼岸。我们中的一些年轻人，面对途中的坎坷，生活中的苦涩，往往选择抱怨、逃避，甚至放弃自己最美好的初衷。他们正是缺少了像梅梅身上的那种精神，其实就两个字便可概括："坚持"。梅梅是成功的歌手，她用甜美动情的歌声，得到了观众和社会的认可，自然拥有回报。

历时一周的研讨会结束了。会议讨论的中心议题，是定位都市文学创作的新走向、新动态。如今，中国城市面临国企改革，计划经济走向市场经济，中国就要加入世贸组织，这为都市文学创作，提供了一个新的挑战、新的契机。

离开武汉时，梅梅闻讯赶来送我。

梅梅告诉我，她渴望有一个稳定的生活。我深知，一个女人成名后，一定是很累的。生活在红尘滚滚的演艺圈里的人，离不开媒体的追逐、金钱的诱惑、虚荣的遮隐、浮躁无味、身不由己的生活方式。我只有违心地安慰她，凡是存在的，就是合理的，不必为其烦恼。

飞机起飞了。我的脑海里，还是闪动着十五年前的梅梅的身影——那个纯真无瑕、充满阳光的小姑娘，那个一腔原生态的嗓子、唱着红歌的农家妹子……

女战俘

2008年清明。我在牛水沟老支书杨大爷的陪伴下，去看望一位令我尊敬的女前辈。

天阴雨沥沥，正应了古人的那句话：“清明时节雨纷纷。”在靠近村落的山冈旁，我们找到了她——一座在荒山野岭中，长满杂草的坟墓。她孤零零的堆在那儿，那地儿不是墓区，没有陪伴、没有墓碑。我用手除去坟墓上的杂草，庄重地将鲜花放在坟墓上。我静坐在她的身旁。“陈婶，晚辈来看您了。您没有被抛弃，历史已经坦坦荡荡地留下您的名字，一个曾经英勇顽强的志愿军女战士。”我心里默默地念叨着。

下了山冈，我依依不舍地回过头，遥望灌木丛中那座坟墓。我的心还在流泪。我拉着老支书的那双布满老茧的手，用力摇了一下：“大叔，请您告诉牛水沟的后人们，那里躺着一位伟大而令人尊敬的女战士，一个曾为年轻的共和国流过血的人。”

我和老支书走进了陈婶曾经住过的那间村子里最简陋的屋子里，望着挂满蜘蛛网和尘灰的屋顶墙壁，心中不免

伤叹。物还在，人离去。老支书说，村里准备把这房子卖了，好好把陈婶的坟墓修缮一下。这太应该了，陈婶没有后人，这算是给她一点安慰吧！

告别了牛水沟，告别了老支书，我踏上了回家的路程。

当飞机越过辽西走廊，俯视机窗下的黄土与绿色重叠的田野、山丘，那一幕幕令人追思的往事浮现在我的眼前……

1976年严冬，银白色的积雪铺满了辽西的山山岭岭。我们装甲步兵连奉命来到辽西一个名叫牛水沟的小村落冬训，村子四周是连绵起伏的山丘。我们指挥排六个人，住在一位姓陈的大婶家。

那时，我还是一个不满十八岁的新兵。

陈婶家是一个典型的辽西老宅院：泥草房，纸糊的窗户，掉了漆的门板，室内收拾得干净明亮。我们放下背包和行李，匆忙打扫屋子和院落的卫生，拿起扁担去挑水。房东陈婶见了解放军同志住进了她家，心里顿时乐开了花。陈婶又是拾柴，又是烧炕，里里外外忙个不停。晚饭时，排长让我把炊事班做好的饭菜送给陈婶。陈婶生气地甩着袖子对我说："瞧不起大婶，是不是？""排长说了，我们在您这儿住，给您添麻烦了，您就跟部队一起吃吧！"这时，我看陈婶的情绪低沉下来。我细细打量着她的脸，她的形象十分质朴，近中年，但仍显秀气和端庄，皮肤白皙，眼角已爬满了鱼尾纹，一副饱经风霜的面孔，但眼睛看起来十分有神。"我曾经也是个兵。"她叹了口气说。"陈婶，您当过兵？哪个部队的？""部队上做的饭菜，好，我吃了。”陈婶有意回避我的问话。

我们连在牛水沟冬训进入了第七天。一天，村支书老杨到我们排训练地看望大家。瞧他那憨厚的模样，就知他是个热心的庄稼人，一个说话嗓门洪亮的中年东北汉子。我听到了他与排长间的闲唠。村支书说，你们房东命挺苦的，她是个城市长大的姑娘，1950年参加志愿军到了朝鲜打仗，第五次战役时，被俘了。停战后，被美军释放，安排到我们村。她虽是个城里人，咳，那边人嫌弃她，不接收啊，就到了牛水沟。听说，她在部队里是个有文化的文艺兵呢。当年，她长得满俊俏的，可村里的小伙子们都不敢要啊！大人小孩都冷眼看她。后来，她嫁给了比她大二十岁的穷光棍李四，过了几年，她男人染病死了。无儿无女，城里的亲属都躲她老远。如今，四十多岁的女人，孤苦伶仃，怪可怜的。原来她是一名志愿军女战士，一个曾被敌人俘虏的女战俘，我心里嘀咕着。当时，在那个年代里，有谁被敌人俘虏过，确实是个不太光彩的事，况且她还是个女的。可每当我看到陈婶那善良质朴的目光时，不免产生一种怜悯和同情。

辽西的冬天，实在是冷，冻得人心直打战。嗖嗖的西北风像冰雹一样打在人脸上。我感冒了，排长命令我在房东家休息。陈婶听说我病了，端来一碗热腾腾的姜汤送到我床前。看到陈婶的热情劲，我的心暖呼呼的 。“小同志，那会儿我们在朝鲜的时候，零下三十多度，没有棉衣穿，冻伤冻死了许多同志啊。”我静静地听着。她看我听得有点入神，就跑到她的房间，拿来一张发了黄的老照片。她说，这是入朝前与部队宣传队战友们的合影，也是她在部队留下的最后一张照片。她指着照片中那个天真可爱的女孩告诉我，这就是当年的她。我仔细端详着照片中的女孩，端庄、秀丽，气质文静、皮肤白皙，身穿志愿军军服，从她天真的笑容里，看出她对未来的美好憧憬，对祖国的挚爱。

“陈婶，您能不能将您去朝鲜参加志愿军的经过讲给我听呀？”我恳求道。陈婶沉思了片刻，喃喃自语：“真是一言难尽啊。”沉默了一会儿后，她讲述了自己在朝鲜那一幕幕刻骨铭心的往事……

陈婶名叫陈晓娟，1932年出生，她在省城长大，父母都是小学教师，可谓知识分子家庭。初中刚毕业，为保家卫国，她说服父母，毅然参加了中国人民志愿军开赴朝鲜。因她能歌善舞，被调派到三兵团六十军一八〇师宣传队，当了一名文艺兵。她清晰地记得兵团代司令员是王近山、六十军军长是韦杰、一八〇师师长是郑其贵。第五次战役时，她随六十军一八〇师向三八线以北撤退。“联合国军”进攻异常凶猛，我一八〇师陷入美韩三个师的重重包围。在马平里方向，敌人在飞机、大炮和坦克的掩护下，疯狂向我方阵地扑来，我一八〇师孤军作战，损失惨重，电台被敌军炸坏，师部与军和兵团失去了联系。战斗打得相当惨烈。“联合国军”将我方分割包围，敌机投下汽油凝固炸弹，我方的阵地一片火海，一八〇师几乎拼光了，师长郑其贵决定，各自为战，分散突围。我们师宣传队男女三十多人，被美军围困在一个狭小的山谷里，敌人的直升机在我方的头顶上盘旋着，一个怪声浪气的女人用生硬的汉语向我们喊话：“一八〇师的官兵们，你们被包围了，不要再为共军卖命了，自由世界在向你们招手。”敌人的坦克冲进了山谷，我方人员四处躲闪，我方没有反坦克武器，任凭美军的坦克碾压、射杀。包括陈婶在内的四位女同志躲在一个岩石后面，向坦克后面的美军射击。敌人用大约一个排的兵力从东西两个方向向我方扑来，陈婶身边三位姐妹先后中弹牺牲，她将身上携带的四枚手榴弹投向了敌群，炸倒了七八个美国鬼子。她拾起牺牲战友的枪，向冲上来的敌人一个劲地射击，子弹打光了，这时，一个手雷在离她三四米远的地方爆炸了。她的腿一阵剧疼，站不起来。陈婶被俘了。她的左小腿肚子上炸开一个约有两厘米深的豁口。

陈婶被羁押在美军战俘营里。

陈婶和宣传队的李红、莲凤英、李卓及师医院的李波，关在一个临时帐篷里。在战俘营里，他们受到极不人道的待遇，他们有组织地集合起来，抗议美军的暴行。陈婶的伤在周围姐妹的精心护理下，慢慢地好了。隔三岔五，美军牧师到战俘营给战俘们“洗脑”，无非传授什么“上帝会宽恕你们的罪过，脱离共产主义阵营，我们是一个民主的国家，西方是一个自由平等的世界，你们将来不要回到中国，到中立国去，彻底脱离你们的专制国家”云云。陈婶他们在战俘营地下党支部的秘密领导下，向战友们揭穿敌人的阴谋诡计，利用各种形式抵制敌人的反动宣传。他们向美军提出严正抗议，不许附加任何条件，阻止他们回到祖国，坚决拒绝蒋匪邦人员接收她们。有许多同志为此付出了宝贵的生命。我志愿军一位营教导员名叫吕国宝，他因多次带头抗议敌人的反动宣传，被美军秘密杀害了。1953年秋，战俘营里首批被俘人员，终于踏上了北侧三八线，望着迎接他们的战友，默默无语，以泪相视。委屈，抱怨，渴望……心情十分复杂。当与首长和战友们安慰的目光相对时，陈婶他们不顾一切地扑向战友们的怀抱。回来了，终于回来了。他们终于能回到祖国，见到亲人了。

陈婶此时叹了口气说：“比起那些死去的战友，我们知足了，毕竟我们回来了。”看起来，她对现在的日子挺满足的。当时，我心想，如果她未被俘，兴许是个女军官，嫁给一个大首长，过着衣食无忧，膝下有儿有女，有滋有味的生活。对她被俘的经过，不由得产生一种怜悯和同情，还含有一种敬佩……她炸死了七八个美国鬼子。

有一天，我找到村支书，陈述了我的想法，像陈婶这样对革命有过功的人，虽然被俘过，但从未叛国投敌、丧失民族气节，应该给她一个堂堂正正的名誉，一个复员的志愿军女战士。村支书叹了口气，一副无奈的样子，摇摇头说，我也向上边反映过，回答都很含糊。村里其他军属、复员和伤残军人都有补助，她没有。县里和公社民政部门“不吐口”，不给政策，这事难啊。村里一无所有，我们也难办啊！她的生活来源，主要靠她自己在生产队队部打零杂和有时给队里的牲口送草料，记工分分些口粮。我说：“村里能不能照顾一下？”“乡亲们日子过得也不容易，都挺难的。听说你父亲是部队上的大首长，若他跟县里打个招呼，或许能帮帮她。”村支书恳求地说。

冬训结束了。春节回家休假，我见到了父亲，将牛水沟村陈婶的事讲给他听，父亲沉思了一会儿后，说，在抗美援朝五次战役时，六十军牺牲了许多同志。六十军所属第一八〇师损失惨重，有部分干部战士和伤员没有及时突围出去，被俘了。我听说，被俘的同志，绝大多数是好的，是十分坚强的，党和政府没有忘记他们，对他们回国安置，有相应地照顾。由于观念上的原因，执行起来肯定有偏差，甚至受到歧视和冷漠。父亲，一个也曾经参加过那场保家卫国战争的老军人，道出了自己肚子里的真心话。

在我的再三敦促下，父亲终于答应了我，他给省政府的一位老战友写了一封信。很快，父亲的老战友回信了，并附上他给当地县政府的批条，批条内容就四个字：酌情照顾。我拿着这个“尚方宝剑”，来到牛水沟，带着村支书、陈婶，找到了县政府，并迅速得到了答复：县民政局全年保障陈婶的口粮，每年补助五十元。这样，陈婶就不用到村里打零杂，挣工分了。

陈婶握住我的手，感动得说不出话来，眼里流出激动的泪水，最后说了句:“谢谢你，谢谢你的父亲，还惦记着我这个曾经的志愿军战士。”

时间如流水，历史又翻过新的一页。许多年后，当人们以平实的心态，回顾抗美援朝的血与火时，想到曾与“联合国军”作战，在战场上英勇无比，被俘后，仍坚贞不屈，深爱自己祖国的儿女们，他们应该受到足够的尊重，在那场打出国威军威的战争中，在盛名之下，理应有他们一份史诗般的功勋。

1980年9月，中共中央转发了中国人民解放军总政治部《关于志愿军被俘归来人员问题的复查处理意见》后，经过全面复查，陈婶的政治荣誉才得以真正的恢复。陈婶终于等到了这一天。然而，距离那场战争，已经过去整整二十七年，对陈婶而言无疑是一种痛苦的煎熬。

三十多年后，2007年初冬，已年过花甲，当年牛水沟的村支书杨大爷来信告诉我，陈婶病故了，享年七十五岁。老支书说：陈婶临终时，念叨你啊。她生前常对乡亲们说，你就是她的大恩人啊。听到“恩人”两个字，我心里顿时一阵酸楚。

历史的轮廓，随着时间的飘移，变得愈加清晰。那个牛水沟的陈晓娟，就是我心中的一座丰碑，一座可歌可泣、与日月同辉的丰碑。

我们没有理由忘记他们。

涛声不息的鸭绿江水，永远唱响他们的名字！

我是二百师的

夜色下，茂密的原始森林里显得那么宁静。偶尔听到几声野兽的嗥叫。而白天这里，曾有过激烈的肉搏厮杀和枪炮的轰响。柱子背靠在一棵树下，疲惫地仰着头，望着天上南边的星星，嘴中喃喃自语：“戴师长，您的英灵该到家了。”说着，他眼角溢出了泪水，摸了摸手中还留有余热的轻机枪管。他记不清自己打死了多少鬼子，只记得身负重伤的二百师师长戴安澜临终前对弟兄们说：“光荣的二百师，有朝一日杀回缅滇，重振国威。”他永远记住了白天的这一刻，当戴师长躺在担架上，穿上笔挺的将军服，抬手指着祖国的方向说：“回家。”便溘然长逝。二百师所余四千官兵，跪地大哭，同呼：“为戴师长报仇！”哭喊声震天动地。机枪手柱子听到第五九八团团长郑庭笈长官大声命令：“把机枪全部调到队伍前面，集火开道，咱们送戴师长回国。”

柱子擦去脸上悲怆的泪水，复仇的怒火在胸中愤然生起，他端起轻机枪向周围的鬼子狂射，同时，几十挺机枪喷射出密集的弹雨。围堵二百师的日军第五十六师团长松山佑三顿时惊呆了，中国军人简直是杀红了眼，如同猛虎

下山，阻击的日军被这骇人的气势震慑住了，二百师几千人以排山倒海之势，呼啸而过。柱子冲在最前面，他打疯了，当看到侧面树丛里的日军军旗，便不顾一切只身冲上狂扫，嘴里大声叫喊着："为戴师长报仇！"日军军旗手倒下了，等他回头赶队伍，一队日军将他与队伍隔离开。日军密集的子弹将他压得抬不起头来。柱子心中暗想，娘的，这下麻烦了。他摘下帽子，用树枝支起，来迷惑鬼子。鬼子开始朝着他的帽子射击，他一个滚儿顺着脚下的地沟潜入树丛中。他的周围到处能听到鬼子们哇啦哇啦的喊叫声。他想，此时若单枪匹马杀出重围，恐怕是不可能的了。而现在，夕阳渐渐地落下了山。柱子想，等到夜晚，借着黑暗冲出鬼子的包围圈。枪炮声渐渐地稀了，他望着祖国的方向，心里默默祷告，二百师弟兄们顺利护送戴师长的英灵平安到家。

森林死一般地寂静。柱子慢慢站起身来，借着微弱的月光，他开始朝着二百师突围的方向悄悄走去，他小心翼翼地走着，偶尔踩到鬼子和自己弟兄们冰凉的尸体，这时候，他都要俯下身摘去他们身上的弹夹，因为他身上所剩下的子弹不多了。他在山里转了大半夜也没走出山，他迷路了。此时，他已精疲力竭，便倚在一块岩石下休息，他想让自己的心情平静一会儿，与日军十几天激烈的拼杀，他已心力交瘁，没有安静地打过一个盹，合过一次眼。柱子大名李铁柱，四川大巴山区人，今年二十二岁，中国远征军二百师特务连机枪手。1940年参军，1942年3月随二百师赴缅作战。由昆明出发入缅作战的二百师，执行的是军委会制定的"诱饵战术"，即以二百师死守同古，拖住日军，然后，远征军主力从外围形成一个大包围圈，全歼在缅甸的日军。二百师进入同古与日军交战十二个昼夜，给日军以沉重打击，自己也伤亡近半，几乎弹尽粮绝。按照中美英联合统帅部的部署，驻缅英军负责运送中国远征军主力到同古战区，英军却不积极合作，增援二百师的中国远征军主力无法到达同古，形成对日军的合围，致使二百师孤悬敌后。在与日军血战十二个昼夜后，戴安澜师长率部杀出一条血路，突出日军重围。二百师残部在回国途中与日军五十六师团遭遇，戴安澜亲自指挥夺路突击，不幸殉国。戴安澜这位抗日名将，曾在昆仑关大战中，率二百师歼灭日军六千余人，击毙日军旅团长中村正雄少将，取得重大胜利，威震中外。

天渐渐亮了，他支起酸痛的身子继续寻找回家的路。他记得昨天白天连长曾说过，往南翻过三座山就到云南了。然而，面对眼前的崇山峻岭、原始森林，柱子错判了方向，向西侧山峦的方向走去。天气闷热，森林密不透风。他饿了就摘几个野果充饥，渴了找个山石缝里的泉眼，饮上几口泉水。山林间常有野兽出没，夜晚，周围的林子里，经常见到绿光闪闪的眼睛盯着你。好在柱子打小在山区长大，适应这野山森林的环境。他走了三天三夜，这天早上，他走到了一个山冈上小息，看见山脚下有几间很像中国人住的草屋，心中大喜，自言自语说："到家了。"他兴奋得不顾疲倦，径直朝山下走去。此刻，他早已口干舌燥，肚子饥肠辘辘，他想到老百姓家喝口水，弄点吃的。

柱子悄悄地走近草屋的院外，院内有三间草屋。屋里院内显得格外的静谧。柱子在特务连受过专业训练，是二百师擒拿格斗的高手。他身材魁梧，眉宇间透着一股胆量过人的豪气。他以职业的习惯轻轻迈着小步，猫着腰，转到草房的后院墙外。他抬头朝院内望了望，发现院内有三匹大洋马在那儿吃草，柱子顿时心里一惊，心想，这是日军中常见的战马，难道这三间草房里住有日本鬼子？他马上警觉起来，立即把轻机枪端在腰间，打开了保险。这时，只见一个日本兵光着上身，从正房屋里跑出来，站在墙边，撒起尿来，还打了几声哈欠，似乎是刚从梦中醒来的样子。柱子迅速低下身，躲在一棵大树后面观察他的动向。这个鬼子撒完尿，伸伸懒腰，嘴里哼着小曲，笑嘻嘻朝西边的草屋走去。接着就听西边草屋内传出凄惨的女人哭喊声，柱子心里明白了，小鬼子又在糟蹋妇女。他不知道那个屋里有多少个日本鬼子，便轻手轻脚贴近西屋的后院墙，轻声一跃翻过墙头。他从屋后窗缝隙看到，一个年轻的中国妇女躺在地上，衣衫不整，头发凌乱，手脚被绳子捆绑着。屋内就这一个刚进屋的日本鬼子，只见他淫笑着正撕扯妇女的衣服，嘴里不停唠咕："花姑娘的听话。"柱子怒不可遏，顺手抽出腰间的匕首，"嗖嗖"几个箭步冲进屋里，左手捂住鬼子的嘴，右手将匕首从他后胸刺进至心脏。这个鬼子畜生，连吭一声的机会都没有，就死在了柱子的手上。妇女被这突如其来的情景吓得惊恐万分，浑身不住地颤抖着。柱子安慰她："大嫂不要怕，我是中国军人。杀鬼子的中国军人。"柱子将她散落的衣服盖在她身上，接着用匕首将捆绑在她手脚上的绳子割断，用手示意她赶紧穿上衣服，自己把脸转过去，观察外面的动静。妇女明白了，他是个好人，一个有胆量杀鬼子的中国军人，她穿好了衣服站了起来。柱子估摸着她已经穿好衣服了，就转过脸问她："这里有几个鬼子？"妇女回答道："不算死的这个鬼子，正房屋里还有两个。"柱子又问："这是什么地方？"妇女告诉他："这是腾冲的关山口。"柱子一听顿时懊悔不已，心中责怪起自己，他走进了滇西日军占领区。就在中国远征军赴缅作战的同时，日军攻占了滇西，在怒江西侧日军构筑了大量工事与中国军队对垒，伺机渡江侵犯我大西南。这时，门外响起了脚步声，柱子赶紧把鬼子尸体挪到靠门的墙角处，告诉她躺在原地别动，自己闪身躲在门后。只见一个鬼子摇摇晃晃，笑嘻嘻地进了屋，直朝她扑来。柱子窜到他身后，又用同样的手法，一刀结果了他。紧接着柱子又转身跑进正房屋内，眨眼工夫，他拎着一个血淋淋的人头走出来。这时，柱子见这个年轻妇女疯了似的跑进东房屋里，随后，从东房屋里传出凄哀的哭号声。柱子走进屋内看到，妇女趴在一男一女两个老人的身上痛不欲生，过了好大一会儿，妇女站起身来，告诉柱子："这是我的公公婆婆。这三个鬼子是昨天下午闯进我家的，他们把我往外拖，我公公婆婆拼死相拦，他们就用马刀劈死了公公婆婆。随后，这三个畜生把我拖进了西屋……"柱子明白了，他将鬼子的人头放在两位老人尸体旁说："嫂子，我就拿这鬼子的头，为二老祭奠吧。血债要用血来还。"

柱子帮她将二老的尸体掩埋好，又将三个鬼子的死尸拖到一个乱石岗中。妇女告诉柱子："今晚山上的野狗就会闻着味下山过来，把他们吃掉。"

柱子放走了两匹马，将其中的一匹最强壮的马留下，说：“杀了它吃肉。”

妇女给他炖了一锅香喷喷的马肉。吃饱饭，柱子跟她说：“嫂子，谢谢你，我要过怒江，赶队伍。”说罢，扭身欲走。“兄弟！”妇女叫住了他，柱子转过身来，见她“扑通”一声，跪在他面前，流着泪对他说：“您救了我，恩人啊！”说着，不停地给他磕头。柱子赶忙搀扶起她，说：“嫂子，别这样。你去投奔自己的亲人吧。”妇女摇摇头说：“我丈夫被鬼子抓去修工事，半路跑出来，被追上来的鬼子开枪打死了。我五岁的儿子也被鬼子飞机扔下的炸弹炸死了。腾冲这个地方到处都是日本鬼子的据点、兵营，他们把怒江封得严严的，兄弟你很难过去的。”这时，突然从远处传来装甲车的轰鸣声，两人跑到院外，顺着声音的方向望去，只见两辆挂着日军军旗的装甲车沿着乡村土路，朝他们这边开来。妇女一把拽住柱子的手说：“走，赶紧上后山躲起来。”两人一阵急跑，钻进山林中。妇女将柱子领到山脊间一个极为隐蔽的山洞旁，指着洞口告诉柱子：“我们担心遭鬼子祸害，经常躲在这里。”两人走进洞里，柱子发现山洞不大，只能容下七八个人。此时，俩人已累得气喘吁吁，柱子将枪抱在怀里，头枕着一块石板，侧卧在地上，不一会儿，便呼呼大睡起来。不知过了多长时间，柱子慢慢睁开未睡醒的眼睛，掏出上衣兜里的怀表，借着洞口微弱的光亮一看，已是下午四点。他朝四周望了望，她不见了。柱子走出洞口，见夕阳挂在了半山腰。这时，他看到她左手拎着小编筐，右胳膊夹了个大包裹，朝他的山洞走了过来。她走进洞里，掀开蒙在筐上的小花布，拿出一坛马肉，一大碗白米饭，一壶烧酒，放在石板上对柱子说："兄弟，快吃吧。"柱子此时也饿了，便狼吞虎咽地吃了起来，拿起酒壶，嘴对着壶口"咕咕"两大口下肚，说："好久没喝到酒了。真痛快。"他似乎想起了什么，放下筷子，问她："嫂子，你吃了没有？"她笑了笑，手捋了一下额前的头发，温情地对柱子说："我吃过了，快吃吧兄弟。"她走时，告诉柱子："这包裹里有褥子和被，夜间洞里凉，别冻着。"柱子嘱咐她："山下鬼子到处乱窜，当心啊。"她沉默了一会儿，说："放心吧，山下有几个好姐妹，我平时就躲在她们那里。有情况，我就上山找你。兄弟别乱跑，这腾冲地区到处都是鬼子，他们已经封死了怒江的所有渡口，恐怕一时半会儿，你过不了江。我给你听着信儿，每天下午这个时间给你送饭。"

一晃儿，两年过去了。其间，柱子曾几次翻山越岭来到怒江岸边的山顶上，俯身下望，怒江在两侧的天然峡谷中川流不息，江水波涛汹涌，奔腾的巨浪不时发出阵阵的轰鸣声。日军在岸西修筑了大量工事，并有重兵把守。柱子不得不暂时放弃渡江的想法。但他始终坚信戴师长生前留下的那句豪言："光荣的二百师，有朝一日，杀回缅滇，重振国威。"

柱子在山洞里继续煎熬等待着。每天下午她都按时给柱子送饭，天长日久，柱子对她渐渐有了好感，她长得端庄秀气，年龄不过二十五岁，比柱子只大一岁。两年来柱子从她那里得到了从未感受到的女人的柔情，她贴心的话，悉心的照料，他发现自己真的喜欢上了她。柱子打小没了爹娘，是吃着村里的百家饭长大的，自身穷得丁当响，至今，没人为他说婚谈亲。

这天，柱子鼓足勇气，对前来送饭的她支支吾吾地说："嫂子，你对我真好，我想……"她望了望柱子，女人的直觉使她明白柱子下面要说什么。这些日子里，她隐隐约约地感觉到柱子的眼神里不大对劲，她看得出，那是一个男人对女人钟情的目光。她心想，看来柱子真的喜欢上了我。说实话，她心里面早已爱上了柱子，柱子在她的心里，就是一个顶天立地的大英雄，一个响当当的爷们。她转念又想，不能，我是一个被鬼子祸害过的女人，柱子一个堂堂正正的小伙子，咱不能让柱子吃这个哑巴亏。她朝柱子笑了笑说："别想那么多了。"便转身朝洞口走去。柱子上前一把扯住她的肩膀说："嫂子，我喜欢你，我想把你带回四川老家做我的媳妇。"说着，他把她紧紧地搂在怀里。她使劲掰开柱子的手，转过脸，低下头，眼里含着泪花，说："柱子兄弟，我是个脏了身子的人，不配。"说完，转身跑出了山洞。柱子追出洞口，朝她喊着："嫂子，我就是要娶你，我不嫌弃你。"她头也不回地向山下跑去。

第二天拂晓时分，柱子听到天上响起飞机的轰鸣声，他跑出洞口外，只见成群的飞机铺天盖地而来，一波接一波地向腾冲地区的日军据点、兵营轰炸、俯冲扫射。柱子乐了，撒了欢似的在洞口旁蹦啊跳啊，他仰天大喊道："我等了两年了，终于开始反攻了。"飞机整整轰炸扫射了大半天。下午太阳快要落山时，柱子估摸着，她该上山送饭了，顺便向她问问山下的情况。他站在洞口旁，眺望着她常上下山走的那一条羊肠小路，不大会儿，她的身影出现了。当她走到离洞口还剩七八十米远的时候，突然，从她身后的侧面不远处窜出十几个日本鬼子，端着枪冲她大喊："花姑娘的站住。"她惊愕间，撒腿朝柱子这边跑，柱子端起轻机枪冲出洞口，她朝柱子大喊："别出来，他们人多。"说完，她便朝洞口的相反方向跑去。鬼子紧跟着她，穷追不舍，笑着大声喊叫："花姑娘的别跑，皇军的喜欢。"见她一口气跑到山崖顶上，站住后，转过身朝柱子的方向大喊："柱子，多杀鬼子，替嫂子报仇。"话音未落，她就纵身跳下山崖，坠入万丈深谷。柱子亲眼目睹了这凄惨而又悲壮的一幕，他愤怒了，端起轻机枪冲出洞口，奔向鬼子，准备向他们射击。他忽然一想，鬼子之间的距离太散，等鬼子们排成队，集中下山，才能提高机枪的命中率。他悄悄藏在鬼子们下山必经的小路旁不远处的一块岩石的后面。当十几个鬼子排成"一"字队，大摇大摆进入柱子最佳射击距离时，柱子突然起身端起轻机枪朝鬼子们一阵扫射，当场撂倒六七个鬼子。惊慌失措的鬼子卧倒向他还击。柱子拔腿向密林中跑去。剩下的鬼子分头向柱子的两侧包抄过来，柱子不停地向对面和两侧的鬼子射击，又干掉了两个鬼子。而此时，柱子只剩下了十几发子弹。这时，一个鬼子已经运动到柱子身后的不远处，突然，柱子身后传来一声枪响，他回头一看，只见一个鬼子应声倒下，接着，余下的三个鬼子被不知从何方射来的一排子弹毙命。正当柱子纳闷之际，周围的林中，突然冒出几十个头戴钢盔的中国军人。一个士兵举枪对准柱子喝问道："你是什么人？把枪放下。"柱子左右一瞧，是自己人，心中激动不已，忙把枪放在地上。一位年轻英俊的少校军官走到柱子面前问：“你是干什么的？鬼子为什么朝你开枪？”柱子立正向少校敬了个军礼回答道：“报告长官，我是戴安澜二百师特务连机枪手一等兵李铁柱，民国三十一年三月，随中国远征军二百师入缅作战，撤退时，我与部队失散，留在滇西腾冲，未能归队。”少校一听马上走到柱子跟前，双手握住柱子的手说：“戴师长手下的，了不起。兄弟我失敬了。”随后少校对他身边的几十个兄弟们说：“他是二百师的。”少校和士兵们一同朝柱子投去敬佩的目光。少校向后退一步，大声说：“敬礼！”柱子看到周围的弟兄们都向他肃然举手敬礼，他哭了，他一生从未受到过如此庄重的礼遇。柱子心里明白，这军礼不单单是敬自己的，是敬二百师的，是敬戴师长的。是二百师和戴师长的英名，我才能受此殊荣。少校告诉他：“中国远征军已经渡过怒江，正向滇西一带挺进，不久，滇西将回到祖国的怀抱。我是中国远征军卫立煌长官部的先遣队队长王大勇。一等兵李铁柱，我命令你随我队行动，向腾冲方向进发。”柱子高兴地立正回答道：“是，长官。”

1943年10月，中国远征军第二次入缅对日作战，中国远征军驻印度的部队奋力东进，向缅北的日军展开反攻，攻占密支那。1944年3月，击溃日军十八师团主力。与此同时，中国国内的远征军强渡怒江，相继收复滇西被日占领区，并与从印度东进的中国远征军在缅北胜利会师。中国远征军第二次入缅作战，历时十八个月，远征两千四百公里，歼灭日军三万一千人，配合盟军胜利完成了反攻缅甸的战略任务，保卫了中国国际战略物资的唯一通道滇缅公路。从而让日军封锁中国并企图攻取我西南后方的妄想破灭了。

……

抗战胜利后，中国远征军士兵李铁柱回到四川大巴山区农村老家，当了一名农民。从此，结婚生子，栖居山村几十年。他极少向人提及自己参加中国远征军赴缅滇作战的那段悲怆往事。

几年前，县政府的领导来到李铁柱家，看望年近九旬的李铁柱老人。县政府的领导对李老说："您老是抗战老兵，中国远征军的功臣。我们没有忘记您的功绩。"随后不久，李老享受到了抗战老兵应有的生活补助和医疗补助待遇。在李老家墙上挂有两个醒目牌匾，上面分别写着："中国远征军士兵李铁柱""向抗战老兵李铁柱致敬"。

一个遥远的渴望

这是一个真实的故事。岁月如歌，转眼二十多年过去了。往事如烟，抹不去我对那荒秃的山丘、那个贫穷的村落、那群天真可爱孩子们的无限眷恋。记得那是1980年的秋天，我从团政治处调到二营五连任排长。我们二营地处阜新蒙古族自治县王府公社，旧社会的王爷府就坐落在我们营区附近，它是典型的清朝满族建筑，院落宽敞，四合组院，占地近五十公顷。然而，它的院外却是另一番景象，低矮的泥房，荒漠的土地，枯干的河床和那一望无际的丘陵。这天，教导员把我叫去，给我一个任务，让我去担任半拉山村小学校外辅导员，还说，这是团政委推荐的我。我愉快地接受了任务。临走时，教导员告诫我:“这可是一项政治任务。”

沿着起伏不平的山路，几经周折，我找到了学校。学校其实就是一间四面透风、用泥草盖起的草房。院中有一个掉了牙的篮球架子。学校只有一个男的民办教师，也是学校的校长，姓李四十来岁。李老师告诉我，学校一到五年级他都教，校舍简陋，孩子又少，他是每天按年级把课分开讲的。

李老师将我请进了教室。这是一间没有灯光，窗户是由塑料布遮挡的教室，呼呼的山风顺着门窗刮在脸上，将书桌上的书本吹得叭叭直响。“同学们，这位是部队的高排长，他就是咱们学校的校外辅导员了，大家掌声欢迎。”掌声中，我打量着兴奋的孩子们。他们穿着整洁，有的孩子袖口破了，有的孩子穿着露着脚指头的破鞋。这真是一个大杂班啊!前排坐着一年级的娃娃，后排坐着四、五年级的大孩子。从他们天真的欢笑中，我看到了一种对人生美好的憧憬，对未来的渴望。“同学们，今后我就是你们其中的一员了……”一个女学生，十分庄重地将红领巾戴在我的脖子上。我感到了一种责任，一种决心，让我伸出“双手”……

第二天，我领着全排的战士，将学校的门窗、桌椅修复好。时值临冬，我把连里烤火炉也拿到了教室，我又从炊事班推了一车煤，领着战士们上山拾了十几捆干柴以备冬用。记得有一天，我从自己每月五十二元的工资中拿出一部分，给同学们买了学习本、铅笔还有墨水、粉笔，从文化股要了两个篮球送给孩子们，孩子们乐坏了。课间休息的时候，我给他们讲坦克的用途，火炮能打多远。我那年刚好二十岁，和孩子们在一起，我就像个大孩子，仿佛回到了童年。这时，我发现墙角蹲着一个小女孩，八九岁的模样，正用忧郁的目光望着我。我走到她跟前:“小同学，你怎么不玩啊?”她摇了头，沉默不语。李老师过来告诉我:“她叫胡晓玲，这孩子苦啊，父母刚生下她不久，都先后病逝了。跟爷爷奶奶一起过。爷爷奶奶身体有病，日子过得可难了。”我抚摸着晓玲的头，心想，多可怜的孩子啊，从小就失去了父母的疼爱，我抽时间一定到她家看看。

半拉山的冬天，实在是冷，刺骨的寒风吹得人阵阵发抖。我带着从平日伙食中节省下来的五十斤大米，从军用服务社买来十斤鸡蛋，带着两名战士，赶着连队的毛驴车，去村子里看晓玲。在李老师的指引下，我们来到一条雨裂沟的下面，这地方的农民喜欢依沟盖房，也许是避风取暖的缘故吧。眼前这个破旧的泥草房，就是晓玲的家，家里脏乱不堪。炕上铺的草席已漏洞百出。两位年逾古稀的老人看到我们来了，高兴得不知说什么好。晓玲不知从什么地方跑了进来，指着我:“爷爷、奶奶，他就是我们学校的辅导员，高叔叔。”当我们把带的东西送给老人时，二老哭了，朴实憨厚的庄稼人，不会说些客套话，只是感激地擦眼泪。这天上午，我们把玲玲家里里外外收拾得干干净净，又从供销社买了一个新的炕席给老人铺上，老人乐得合不拢嘴。打那以后，隔三差五，我就去玲玲家看看，买些米面，把我妹妹小时候穿过的旧衣服送给玲玲穿。那时候，两位老人把我当成他们的亲生儿子。

为了给学生们讲革命道理，树立远大理想，我经常给他们讲许多杰出人物的故事。像李四光、居里夫妇、雷锋、王杰、董存瑞等都是我讲的专题。我告诉他们，要改变家乡的穷面貌，必须学科学、学技术，才能使我们家乡彻底摆脱贫困，像城里人一样过着衣食无忧的生活。他们静静地听着，似乎在聆听一个个神话故事。我告诉他们，这是真的，十一届三中全会，党的中心工作就是发展经济、改善人民生活。你们是半拉山村人的希望。我时常鼓励他们好好学习，立志成才，走出穷山沟，开拓自己的人生。

我这个校外辅导员转眼干了一年。这年年底，我接到上级调令，把我调到大连坦克基地工作。我知道，这一定是家里的意思。人非草木啊，离休后的父母，需要我留在他们身边。

临行时，我去学校与李老师和同学们道别。走进教室，看着孩子们那张张熟悉可爱的面孔，我的眼睛湿润了。李老师握着我的手泣不成声:“高排长，真舍不得你走啊!”孩子们此时此刻心里都明白了。他们跑过来，把我团团围住，我看到许多孩子脸上已挂满了泪珠。“叔叔，你还能回来吗?”“能回来，我会回来看你们的。”

同学们把我送了一程又一程，一直把我送到村头的半拉山口。“同学们，都回去吧！”我看到村东面山坡上，站着三个人，啊，那是玲玲搀扶着爷爷奶奶向我挥手道别呢。顿时，我热泪盈眶，这就是朴实的老百姓，只是给予一点儿温暖，他们便会把你当作恩人一般。再见吧，老人家，再见吧，同学们，再见吧，半拉山村的父老乡亲。

一晃二十几年过去了，我这当年二十岁的小伙子，如今已步入了中年。每当我回首在辽西北部山村的那段经历，总是思绪纷飞，那激情的岁月，激情的年代常常唤起我人生最美好的回忆。

那群天真烂漫的面孔，经常在我的脑海中闪现，你们都还好吗？我期待着久别的重逢，期待着看到这些年来山村和村民们喜人的变化……

梦回大院

离开大院三十多年了。

我常常在梦中回到了大院，在梦乡里，重温幼时的懵懂，少年时的踌躇满志。在大院里，我无忧无虑地度过了花季。大院的旧忆与我相影相随，伴我走过青春年华，伴我度过风雨岁月。而立之后，尤其是过了知天命的年纪，更爱忆恋大院往事，因为，那里有我们那代大院子女的纯真和梦想。

记得那是1969年的秋天，也就是我十岁那年，我父亲从四十军调到新组建的坦克五师任师副政委兼政治部主任。我家从锦州市也随之搬到了五师师部所在地——阜新市。阜新是座煤城。五师师部当时借住阜新市人民政府办公楼，师部大院的主楼是日本侵华时期建的，大院内环境静谧优美，花草树木错落有致，绿荫葱茏，鸟语花香，宛如一座花园。大院四周是土栏的约四米高的三角墙，墙坡至顶长满整齐的槐树、柳树、杨树和茂密的植被，中间拦着铁丝网，俨然一座欧式城堡。师部办公楼北面有一片梨树，秋天结果时，我和院内伙伴们常去摘果吃。虽有当兵的守护，但他们看到是首长家的孩子，大都装作没看

见。梨树下是排列有序的菜地，地里种着青椒、小白菜、茄子、西红柿等。师部大楼是司令部、政治部及首长的办公区。大院内几栋老式日本平房和中式老房便是师首长的家属房。师部大楼的整体外观与日本侵华时期在大连建的南满洲铁道株式会社的楼体十分相近，典雅而庄重。建国后，这座楼成了阜新市人民政府办公场所。我家搬进师部大院时，正是“文革”重灾时期，记得有一位老市长的家还住在大院，不久就搬走了。我清楚地记得，老市长的女儿拎着竹筐，晚秋时节，在院内拾捡败落的树枝用来生火。因为，当时地方上的老干部都被当成走资派打倒了，送进了牛棚，看老市长的女儿也就十岁左右的模样，夕阳下秋风撩起她篷松的头发，小姑娘蹲在树底下不停地往筐里放落枝干叶，默默地在那儿，脸上没有一丝表情。我们是幸运的，因为野战部队的首长和机关没有受到“文革”的冲击，其家属自然安然了。

每个师首长家，都有自己的菜园，我家的菜园几乎都是我和姥姥去耕作侍弄，秋收时，果实丰硕。每家都养有鸡、鸭，有的家还养了兔子和鸽子，司令部管理科还为每户首长家砌了新鸡窝。大院内的生活丰富多彩。距我家门口五十米远处就是灯光篮球场，白天、夜黑时，经常有篮球比赛。五师篮球队很厉害，在辽西几乎无队可胜它，那时，五师的代号叫3270部队，外面人一听3270，就自然想到它的篮球队。那时，大院内的男孩子们几乎每天都泡在篮球场上与解放军叔叔们“拼搏”。大楼的北面有块空地，师机关、通信营、警卫连加上大院家属小孩经常在那儿看露天电影，我还常独自一人跑到银幕后面看，效果同样好。师放映队有时在师部大楼二楼会议室为首长们放电影，大院孩子们闻后也溜进去“蹭”着看。那时，全国普唱样板戏，全军师以上单位都有自己的宣传队，五师宣传队编排了现代京剧《红灯记》，到地方和部队巡演，其演艺水平，一点不亚于专业剧团。

师部二楼的会议室，成了京剧舞台。师宣传队的演员们经常在这里为首长、机关干部和家属演出现代京剧《红灯记》片段，大院孩子们逢场必看，剧中的台词唱腔，我们背得滚瓜烂熟。

秋天到了，靠近内蒙古的阜新，秋风刮起漫天尘沙，脱落的枯枝败叶飘洒在大院内各个角落，没了夏日的厚绿，只能看到树木中稀稀的黄叶，坦露的枝干。入冬时，树木没了茂叶的遮拦，赤条条的，随着刺耳的北风，来回摆动着枝干。冬季雪花飘时，往窗外望去，树枝挂着雪包，楼宇披着洁白的雪衣，显得分外妖娆。

外界对大院的印象是十分神秘的。大院四周铺架的铁丝网，门岗站着威严的哨兵。大院在外界人的想象中，是个世外桃源。“文革”时期，物质匮乏，粮油肉按人头凭票供应。部队的供应情况相对要好一点儿，大院内每户每月供应四十斤精粉，经常补助粮油，也供应时令水果、青菜肉类，虽说家属也花钱，但能买到这些食品。每个师首长配有一名公务员，负责首长日常的警卫、起居生活。

我们大院的子女常常聚在一起玩耍，有时，竟能玩出个“胆大包天”。师部机关食堂养了几口猪，一天，有头猪突然得病死了，埋在猪栏旁的地里，我们院内几个顽皮的伙伴合计，动物园里的老虎瘦得皮包骨，莫不如把死猪扒出来，煮熟了喂老虎吃。我们将死猪从地里扒出来后，拖到一处平房里，点火烧水褪猪毛，将肉煮熟后，我们拿起香喷喷的猪肉去动物园喂老虎。当我们往虎栏里送肉喂老虎时，被动物园的管理员发现了，一阵训斥：“胆大包天，这肉检验了吗？老虎死了，你们负得起责任吗？！你们这帮兔崽子。”瞧着管理员气愤的面孔，我们几个顽皮的小子吓得一溜烟儿翻过围墙跑了。

无聊时，我们还搞些恶作剧。一次，我和院里的同伴到猪圈里弄几块猪粪，打包成方方正正的点心模样的礼包，放在大院外一条公共道路上，我们躲在路边的树丛里，偷窥是否有人拾起。果不然，一个骑自行车过路的男人，在“点心”旁驻足察看了一番，又望望四周无观者后，拿起“点心”，放在自行车后座上，骑车加速而去。

我们几个调皮的孩子看后哈哈大笑，脸上挂满“成功”的喜悦。记得还有一次，大院外有条小土路，经常有人为方便上下班途经此路。我和几个大院里的小伙伴在路上挖个小陷阱，架上苞米秆子，盖上土，土上放些青草，十分逼真。当有人掉进陷阱，破口大骂时，我们躲在隐蔽处，捂着嘴，心里乐开了花。

后来，我们渐渐长大了，上了初中，懂事多了，告别了顽童时代。1973年，师部迁到了新址，新址紧挨着过去的师部大院，即市政府大院。新师部大院内为首长家单独建个院，院内建了七栋仿日式平房，每栋两户，每户都有独立的小院。师部大院新建的军人礼堂，是我们大院子女最常光顾的地方。我记得，副师长乔伯伯，这位身经百战的老八路，最喜欢唱京剧了。那天，他还在礼堂为观众演唱了一段现代京剧《红灯记》中李玉和的一段唱词，他那执着、投入、出神入化的表情，赢得观众阵阵喝彩。大院伙伴苏志勇是大院子女中最具文艺表演天赋的男孩子，经常代表我们大院子女登台表演节目。

大院内一位姓王的阿姨，我打小就十分敬重她，她是师李副政委的爱人，是大院内首长家属们的领导。她平时对人和蔼，家属之间的事，被她调理得井井有条，家属们都信服她。可惜呀，这位好阿姨得了绝症，英年早逝。记得，我见她最后一面，是她在院内散步，那时，她已经病得很重了。她捂着肚子，在亲人的搀扶下，远远地向我招手，我急迎上去。她停下脚步，目光久久地停在我的脸上，从她慈祥的眼神里，我仿佛看到了她对亲人和世界的眷恋不舍，她憋足力气说了句：“小波，长大了。”她是我大院生活中第一位离开人世的长辈。

上初中后，每当学校放寒暑两假，师部开始设专人，负责大院子女的管理教育，办假期学习班，组织孩子们到厂矿和基层部队参观学习。办假期学习班的主题就是：继承革命传统，接好革命的班。师部大院，就像一座围城，生活在大院里的子女们与外界少了许多接触，多了许多单纯。在父辈军人的熏陶下，骨子里渗透着刚毅和好胜，同时，也形成了直爽和疾恶如仇的性格。由于特殊生长的环境，缺少与人交往中的灵活和圆滑。

我们每天听着军号声和部队训练场上战士们的呐喊声，眼前常常走过的是部队整齐的队列。军人情怀，从那时起，已渗满我们的心中。生活在封闭的环境里，去接受军营生活的熏染。穿着父辈宽松的绿色军装，头戴着绿色军帽，肩挎着绿色军用书包，在改革开放前，是非常时尚的打扮。父辈们大都是老八路、老革命，按当时的叫法，我们是“革命后代”，现在名曰“红二代”。我们渐渐长大了。1975年，师部在当地农村设立了一个青年点，师首长的子女和师机关干部的子女中学毕业后，陆续在此下乡务农，接受贫下中农的教育。1976年粉碎“四人帮”后，我们大院子女中，大部分正值当兵年龄，都穿上军装当兵去了。青年点也随之烟消云散了。几年后，父辈们相继离职休息，去了沈阳和大连两地干休所安居。大院子女们也跟随父辈们生活在沈阳、大连两座城市。

大院子女的叫法是在改革开放前特殊的历史环境中产生的，带有时代的烙印，我们五十年代和六十年代初出生的部队大院子女，最具有部队大院子女的特色，因为我们的童年和少年，恰逢中国政治运动频繁时期——“文化大革命”，学习毛著，批林批孔，反击右倾翻案风，上山下乡，我们这一代人都赶上了，在绿色军营里，在红色思想的灌输下，铸造了我们这一代大院子女的性格和人生价值取向，也决定了我们长大后对人生的选择。大院子女的优越感，随着时代的变迁，离我们渐行渐远。当我们融入社会，大院子女，这群当年的“红色贵族圈”已划上时代的句号。如今，我们大院子女们已走向社会各个阶层，无论从事何种职业，我们身上仍然流淌着父辈军人最纯正的红色血液，始终充满着老一辈军人后代的激情。一晃三十多年过去了，离开大院也三十多年了。我常常在梦中回到了大院，回到了童年和少年的时光里。儿时的大院伙伴，经常在我脑海中闪现。

前几年，听说，老大院四周的土围墙和墙坡上的树木都扒了，我真为之痛惜，那是绿色的围栏，大院在绿荫环抱下该是多美呀！怎么能扒掉呢？我妹妹丽达从阜新回来告诉我，在新大院里，我家曾经住过的房子也拆了。我也常常在梦中寻找大院的影子，每次都是那样甜美，醒来却知是仍然梦一场。我深知，大院是我寻梦的开始，它终有一天，是我梦回的地方。退休后，我一定回到我那朝思暮想的地方，探寻我儿时的记忆。

在我心里，大院是我一生永远挥之不去最爱恋的地方，因为那里编织过我无数次最甜美的梦……

风雪夜行人

记得，那是1977年的冬天。北国的小兴安岭白雪皑皑。按照上级命令，我们坦克连赴小兴安岭五号作战区域进行全天候徒步冬训。临行前，团首长作了最简短的动员："同志们，你们连是一个有着光荣历史的战斗集体，在抗美援朝战争中，涌现出全军著名英雄坦克手、英雄连长，希望你们发扬光荣传统，抗严寒、战风雪，圆满完成训练任务。"

回到宿舍，我们这些生龙活虎的新兵，围着排长七嘴八舌地问开了："排长，咱们连往哪走啊？""排长，咱们要走多远的路啊？"排长转过身，指着我说："小高，你是咱们连的篮球健将。白天行军五十华里，晚上行军三十华里，怎么样，行吗？"我拍着胸脯大声说："排长，小意思，当玩了。"排长半信半疑地笑了。

吃过早饭，我们排分成了三个小组向预定地点出发了。沿着起伏连绵的山脊，越过无数个雨裂沟，踩着过膝的积雪，穿过白桦林，在林海雪原中艰难地行走着。我们小组三个人，每个人背着各自的行李、冲锋枪，身体负重大约三十公斤。午时，在翻越了几座山岭之后，我们已是

大汗淋漓，气喘吁吁了。车长(坦克车车长相当于陆军班长)老胡命令原地休息，就地野炊。按平时的演练我们就地挖坑，搭锅灶，放上行军锅，捡些干树枝，烧火做起饭来。饭简单得很，肉丝面条。吃过午饭，我们又出发了。望着漫山的白雪，耳边刮着刺骨的寒风。当时，只有一个念头，坚持不能后退。

太阳渐渐西移，远处能看到山沟里的农户家生火做饭冒起的袅袅青烟。吉林农村长大的小刘高兴得不得了，他大声喊道："有人家了！"也许是兴奋的原因，他一不小心，滑进雪沟里。腰扭了，直不起来。这下急坏了老胡。怎么办，我们没有电台，无法与连部联系。老胡当机立断："小高，你拿着指南针，向西走。我们这个组不能全部掉队，必须有一个代表到达五号区域。记住，我们的目的地叫登家林村。"看着车长焦急的神态，我安慰他："放心吧！我一定到达目的地。"车长还嘱咐我，山高路远，多加小心啊。说着，车长把我们护身的三发子弹都给了我。车长搀扶着小刘向山沟的村落走去，还不时地回头示意，让我赶路，我的双眼湿润了。刹那间，我感到如此的孤独。离开了集体、离开了战友，我的心碎了，身子像散了架似的，没了主心骨。车长和小刘的身影渐渐消失了，我的心猛然镇静下来：走！向西还有三十华里，我又踏进了茫茫雪海。

天已经漆黑了，因为在雪地里行走，周围的一切还隐约可见。听老兵说，这一带常有野兽出没。于是，我将子弹推上了枪膛。走啊，走啊，翻过一道道山冈，穿过一片片松树林、白桦林，总盼着能看见一户人家的灯光。

说实在的，我真的怕啊，怕突然从身后的灌木丛中蹿出什么怪物来。想着想着，我感觉到周围有嚓嚓的响声，我仔细观察，月光下发现右边林子里有一双绿幽幽的、阴森森的眼睛正盯着我。顿时，我的大脑一片空白，心想，完了，一切都完了！老兵说过，狼的眼睛就是这样。我才十七岁啊！我想到了父母，想到了哥哥、妹妹，然而，这都是一念之间，我马上出奇地沉着冷静，求生搏斗的欲望异常地强烈。我立刻打开手电筒向狼的方向不停地摇晃，嘴里哼着歌曲，枪的保险我都打开了，它如果袭击我，我就干掉它。我最担心的是狼叫群，如果叫群，我必死无疑。这时，我想起老兵说过，这一带的狼都是单打独斗，不成群，也许是狼迹渐渐稀少的缘故吧。这双绿眼睛一直不停地尾随着我。这回我往山下走，尽量不走丛林。到了山根底，我发现有一条路，顺着路我就往西跑，狼的身影出现了，这时它站在我的前方大约五十米的地方。决斗开始了。说时迟，那时快，我举枪“砰”的一声朝它开了一枪，也不知打中没打中，狼惊叫几声窜入林中不见了。

此时，我已筋疲力尽，拖着沉重的脚步，向西走着，忘记了饥饿，忘记了困倦。我怕再遇到意外，只好走山下的路，宁肯绕远，也不敢走近路上山了。

不知不觉中，天也渐渐亮了。偶尔还能遇见几辆农户的马车擦身而过，他们用好奇的眼光打量着我这个夜行人。当我走近一家农户时，又累又饿，实在是走不动了。这家的老大爷见到了我，把我扶进了屋，赶忙招呼大娘:“孩子他妈，这位解放军累得不行了。”两位老人热情地把我请到了热炕头上。这是两位年近六旬的善良老人。

我告诉他们，我走了一天一夜的路，饿得不行了，麻烦你们给我弄点吃的。不一会儿，大爷端着一碗热汤和两个玉米饼子送到我面前，“孩子，快吃吧！”望着大爷慈祥的目光，我好像看见了父母，我的眼圈红了，豆大的泪珠顺着脸颊滴在饭碗里。我一边吃，一边向老人讲述昨晚发生的一切。大爷心疼地说：“你还是个孩子，多危险啊！”吃完饭，我问大爷:“登家林村离这儿有多远?”“不远，往西走四里地就到了。”任务在身，不能久留，我只好告别两位善良的老人。临走时，我留给老人一斤全国粮票、两角钱。大爷大娘硬是不收，我告诉他们:“这是部队铁的纪律。”

按着大爷指的路，不到半小时，我终于到达了目的地——登家林村。当天晚上，连点名，指导员当即代表连党支部宣布给我连嘉奖一次，并报营嘉奖。当时，我感觉好极了。我成熟了，像个真正的军人了。

这事一晃三十年过去了，军营的艰苦生活、钢铁般的纪律，磨炼了我的意志品质。那火红的岁月、忘我的年代、纯朴的战友之情，写下了我人生中最浓重的 笔。

高尔基路一家人

这几天，妻子老在我面前唠叨一件事，她说：“电视台讲了，报纸也登了，说是高尔基路一带的日式老房子要拆迁。那天，我乘车途经高尔基路，看到拆迁公司已经开始扒房子了。我家的老房子还在，估计没几天，它就该消失了。”妻子一副惋惜的神情。我知道，她生长在高尔基路，对她家曾经住过的老房子有着难以割舍的情结，老房子伴她度过了孩童少年，留下了许多美好的刻骨铭心的记忆。她接着说：“老李，明天是周六，你陪我去高尔基路看看俺家过去住过的老房子吧？”我答应了她，说：“我把照相机带上，留下这个珍贵的历史画面。”

第二天上午，她领我到了高尔基路她家曾经住过的老房子前。这是一栋日式二层小独楼，小楼现在经营着一家咖啡厅。走进楼里，妻子情绪异常激动，滔滔不绝地向我介绍起来：“当年小楼里住着五户人家，楼下两户楼上三户，共八间榻榻米。我家住在楼上。一楼右边这间住着水仙小学的王老师一家，左边住着姓胡的一家，他儿子小名叫狗不理，我们习惯叫他家‘狗不理家’。二楼我家

隔壁住着吴婶和刘大伯两家。”我随她一同上了二楼，走进她居住过的房间，房间不足十平方米。妻子拍拍墙壁，又摸摸拉门，触物生情，她感叹起来：“三十多年没来这里了。”这时，我看到她的眼睛有些湿润。她靠近窗户告诉我：“这是俺家唯一的南窗。你看这窗台多宽，足有五十多厘米。我小时候常趴在窗台上看书写字。”她还告诉我：“俺家八口人，就挤在这间屋子里吃住。小楼里过道、楼梯边堆满了各家生活用的柴火、蜂窝煤和煤坯。”她时而指指那儿，时而指指这儿，向我讲述小楼的结构布局。她把我带到二楼的凉台上，这凉台足有十五六平方米。她告诉我：“这凉台是三家共用的，都放些破烂家什，有时在凉台上生火烧水做饭。俺爸俺哥在这里还养过鸡和兔子。”站在凉台上，她指着楼外的场景，细数着过去的老街坊。末了，我们来到一楼大厅，要了两杯咖啡几碟小吃，她捏着勺子，温柔地搅拌着杯子里的咖啡，朝我笑了笑，接着又津津有味地讲起三十年前她家里的老故事。

从昆明街迁到高尔基路住

俺家最早住在中山区昆明街。1950年，全国刚解放不久，俺姥托人说情，在高尔基路为俺父母找了处新居，一幢漂亮的日式小独楼。据俺爸说，小楼原主人是旧社会大连街上有名的“全仁贵”大烟馆老板家的三小姐。日本殖民统治时期，日本人在大连高尔基路、长春路一带，规划建造了成片风姿各异的小独楼和平房，这里的街道住宅成了日本权势阶层和富商们生活居住区。新中国成立后，当年的街头苦力、码头工人、小市民们陆陆续续离开贫民窟或简陋的房舍，响应人民政府的号召，赶着马车，拉着家什，拖家带口兴高采烈地搬进了高尔基路的日式房子里居住。起初，有许多老百姓不敢住进这里，担心被小日本反攻报复，后经政府动员做工作，他们才放心陆续迁居到高尔基路落户。

五十年代初，俺家刚搬进小楼住时，楼上三间就俺一家住。有一天，俺妈正在家带着年幼的大姐和二姐，一位从山东来的妇女找到俺妈说：“大姐，俺也是山东人，来大连做活，俺们两口子还带两个孩子，您行行好让给我们一间住。”俺妈心地善良，瞧她可怜的样子，没有和俺爸商量就爽快地答应了人家。等俺爸下班回家，卧榻旁新增一户人家，后悔想改变是不可能的了。后来，俺家楼上又增添了一户，三间房子住着三户人家。那个时候每个小楼都住着五六户，甚至六七户人家，个别小独楼只住一户人家。

三年困难时期，挖野菜，扒榆树皮吃

俺父母先后养育了六个子女，我老小，有三个姐姐、两个哥哥。我出生时没有赶上三年自然灾害，听俺父母讲，当时市面上粮食紧缺，老百姓弄不到粮食吃。俺父母领着哥哥姐姐到南山挖野菜、扒榆树皮拿回家后掺点苞米面熬粥喝。俺爸骑着自行车带着俺大哥到夏家河子、革镇堡一带农田里，用铁锨挖人家收获过的地瓜地，翻找人家剩下的小地瓜拿回家充饥。

一家人常围在火炉旁烤饼子和干鱼

八十年代前，大连老百姓家吃的主食大都是以苞米面为主。那时，大连街头巷尾流传一句话："苞米面肚子，的确良裤子。"形容当时大连百姓的生活状态。俺家八口人吃住在一个不足十平方米的房间里，搭着上下铺。那时，大连街上好多家十多口子的人，甚至有的三世同堂，拥挤在一个房间里生活居住，俺高尔基路周围的邻居中有许多家都是这样的状况。那个年月，普通老百姓家很少舍得花钱去买苹果鸭梨吃，秋后时，晚上俺哥姐常从凉台上拿来两个青萝卜，用刀切成八块，每人一块，嚼在嘴里脆甜，当水果吃。有时，俺三姐或俺二哥趁俺父母不在家从家里的小柜里“偷”把花生米，搁在锅里扒拉扒拉炒熟了当零食吃。一家人常常围坐在火炉旁，在炉子上烤苞米面饼子和干鱼吃。当饼子烤出了脆疙瘩，干鱼烤出了油时，吃起来那个香劲，绝了！大家边吃边聊，其乐融融。俺爸上班带的饭菜，几乎是天天一样，饭盒里装上两个苞米面饼子，两条小咸鱼。工厂的工作服俺爸俺妈一年四季总穿着。

俺爸在工厂当瓦工，每月工资五十六元，养活一大家子人，生活十分拮据。那个时候，大连街上普通老百姓家的生活水平差不多都这样。国家提倡多生孩子，多生是为国家做贡献。记得当时我家墙上还挂着一幅宣传画，一个苏联大家庭，母亲怀里抱着一个小男孩，父亲手上牵着一个小女孩，他们身边围着七八个大孩子。那时，家家户户孩子多，老婆大多不工作，在家带孩子做饭，靠男人微薄的收入支撑着家。不出去工作在家带孩子做家务的妇女，叫“家庭妇女”。俺爸瓦工技术好，星期天时，厂里有的领导或朋友请他到家里盖偏厦子。俺爸去了一干就是一天，完活后，人家请他喝酒吃饭，有时人家给他一个苹果，俺爸舍不得吃，揣进兜里带回家切成几块分给孩子们。

俺妈织渔网，到大钢拉铁皮

我记得小时候，高尔基路很多家庭妇女坐在家里，给人家绣花、糊纸盒、编织渔网，赚点小钱补贴家用。俺妈织渔网织得可好了，在高尔基路一带家庭妇女中非常有名，有许多邻居到俺家找俺妈学编织渔网的技巧。俺妈没念过书，后来她参加了街道的扫盲班，学会了写字认字。

六十年代后期，俺妈去了街道薄铁厂干活。薄铁厂利用废旧铁皮生产加工制作烟筒、撮子、铁锹、水壶和洗衣盆等。俺妈常和几个工友推着铁板车，从西岗走到甘井子大钢拉废旧的铁皮。俺妈实在，每次从大钢拉铁皮回西岗，她总是在铁板车前面牵着绳子拉车，肩膀被绳子勒出了几道深深的红印，汗水湿透了衣服。每次她到大钢拉铁皮都回家很晚，我就站在道边眺望俺妈下班常回家的路，心总是揪揪的，担心她被车撞着。俺妈在薄铁厂干活每月能收入二十几元，收入虽说微薄，但日子过得有滋有味，觉得有奔头。

和谐邻里

在高尔基路住的时候，邻里之间相处的十分融洽。大人孩子互相串门，如同走亲戚那样随便。今天我家包饺子送你家一碗，明天我家腌制好了小咸菜送他家一罐头瓶子。孩子们在人家炕上地下满屋子疯玩，谁家都不会在意的。俺家小楼就一个卫生间，五户人家共用，用厕时，大家相互礼让，每户轮流清扫卫生间；俺楼五户人家每月的水电费平摊，每家都自觉主动上交，平时用电用水都注意节省，谁家有个大事小情招呼一声，邻居们都会抢着帮忙。高尔基路的日本房子没有煤气和暖气，家家烧煤生炉子取暖和做饭。有一年冬天，俺妈自己在家床上摆弄铺盖，取暖生火的炉子用煤泥封死了，预留着小火。不大会儿，俺妈感到头昏恶心，胸口发闷，她立刻打开窗户，要下床去外面凉台时，两腿一软昏倒在地上。邻居吴婶发现了，喊来楼下狗不理他妈，一同将俺妈搀扶到床上，将屋内门窗大开，又给俺妈喝醋，俺妈才渐渐清醒过来。大家都说是家里炉子产生的煤烟熏的，好在发现得早，没有出现大的意外，多亏邻居发现后处置的及时。第二天，家里人将此事写信告诉了远在山东老家侍候奶奶的俺三姐，后来俺三姐回信说：“咱妈被煤烟熏着的那天晚上，我做梦自己牙出血了，血流了很多。”真是母子连心啊！

那时商店叫“合社”

改革开放前，街道路边的商店都叫合社，老百姓每当上街买菜，走时都习惯地跟家人说：“逛逛合社。”那时，禽肉蛋包括豆腐都限量凭票购买，买粮则拿粮食本到指定的粮站买粮。粮食都按人口定量，豆油每人每月三两，到饭店吃饭要主食或买馒头米饭回家吃要用粮票。粮票分全国粮票和辽宁省粮票，本省粮票只能在本省用，到省外出差或探亲用全国粮票，到商店割尺布，要用布票。高尔基路和长春路一带的合社是俺家最常光顾的地方，那时，一元钱能买到一洗脸盆新鲜的小杂鱼。每当合社来新鲜杂鱼时，老百姓们早早来到合社门前排队购买。合社窗口很小，经常出现拥挤现象，有的人担心抢不到鱼，就趴在人群的肩膀头上往窗口挤。那个时候，大对虾八角钱一斤，大多老百姓家都买不起。俺三姐打小当家，洗衣买菜她样样都干，十几岁的小姑娘就开始为父母分忧，挑起家里的担子。有一天，她从合社拉来一木箱子破了肚子的大鲅鱼回到家里，本来五六分钟的路程她用绳子拉着这一木箱的鱼，用了半个小时的时间。俺爸问她花多少钱买的？她告诉俺爸说："破肚子的鱼便宜，这一箱鱼才三元钱。"俺爸听了乐的嘴都并不上了，夸俺三姐会算计。

秋天到了，合社开始向居民们供应过冬的秋菜。那时，家家户户都买大白菜、萝卜储存起来冬天吃。有的居民家门口窗前有地有院的，就挖个菜窖把菜放在里边，没有地院的居民家就将菜堆放在楼道或凉台上。俺家的菜每年都放在北凉台上，大白菜用帆布蒙上，萝卜弄土埋上。至今我清楚地记得，合社卖大白菜、萝卜时可热闹了，老百姓推着手推车，拎着编筐、麻袋，在合社门口排着长队买菜。大白菜、萝卜几分钱一斤，俺家每年秋天都买八百斤大白菜、五百斤大萝卜。有人口比俺家多的居民家，买菜的斤数更多一些。有些老人和孩子围在合社门口，捡些掉下来的白菜帮和白菜叶，拿回家喂鸡。

到俺姥家过年

俺姥家住在南昌街，俺爸年轻时从山东独身一人闯关东到了大连。大连这边俺爸没啥亲戚，逢年过节，俺家就串俺姥家这边的亲戚。

每到过年，俺爸妈给俺姥买的礼物基本就这几样东西：两瓶水果罐头、两包点心，再拎上两瓶烧酒或是一瓶果酒、一瓶烧酒，这在当时的大连街上算是很体面的了。记得有一年过春节，俺家给俺姥买的点心买早了几天，俺爸妈担心点心会长毛发霉，就拿出来放在簸箕上晾晒。每次过春节到俺姥家，我总是爱扯俺妈的袖子，依偎在她怀里哭鼻子。我是俺家老小，平时把我宠惯了，换个环境特别不自在，当看到其他亲戚家小孩子围在俺姥膝前撒娇，心里更不是滋味。有的大人不大耳视我，再看看他们冷冰冰的目光，心里总是怕怕的，这个印记一直伴我长大。俺姥家住的是带天井院的中国老房子，一个院住着十来户人家，共用一个旱厕、一个室外水龙头，冬天时，水龙头常结冰，大人就用开水浇或用火烤。过年了，孩子们院里院外地放鞭炮，大人们围坐在炕上的酒桌旁推杯换盏，喝酒攀谈。我便倚在妈妈身边看热闹。

三姐背着我，听她嘴里嚼出清脆的“咕鸟”声

我是在大连妇产医院出生的。俺妈后来回忆说，生我的前天晚上，她做了个梦，梦见了产房过道和医院通往俺

家的路上铺满了红地毯。我出生时，妇产医院有位护士膝下无子，与俺爸妈商量，想抱养我。俺妈犹豫了一下，转眼看看我熟睡的小脸蛋，摇摇头，舍不得。俺爸抱起我，对俺妈说："走，咱们回家。"我是幸福的，我呱呱落地后，得到的是父母和哥哥姐姐们无微不至的关爱和呵护，在这个大家庭里，我获得了朴实无华的营养；我是幸运的，因为我出生时，父母和哥哥姐姐他们刚刚挺过三年自然灾害，因为我最小，得到的娇宠是最多的。我小时候，是俺三姐的跟腚虫，三姐比我大八岁，俺三姐就喜欢我，经常打理我的衣行装束，我哭了她哄我，我流鼻涕了她给我抹去，常背着我到屋外溜达。我感冒了俺妈背着我去儿童医院看病，我就扯着俺三姐的衣袖，让她陪着一同去。

我清楚地记得有一次，我小的时候，俺三姐背着我走到路边一位卖咕鸟的奶奶旁，叫我说声奶奶好，我学着俺三姐的话，朝奶奶叫了声："奶奶好！"奶奶高兴地乐了，顺手塞给俺三姐两个咕鸟。一会儿，三姐的嘴中不时嚼出清脆的"咕鸟咕鸟"的鸟鸣般的声音。

小的时候，我不大爱洗头，一次俺妈要为我洗头，我不肯，俺妈就哄我："乖孩子，你答应妈洗头，妈就到楼下饭馆给你要碗打卤面。"我乐了，当我吃着这香喷喷的打卤面时，哥哥姐姐围在我身边啧啧舌看着。

道边上的娱乐

六七十年代，老百姓家没有电视，只能在家听"戏匣子”，就是半导体收音机。天气热时，晚饭后，高尔基路街道路边坐满了乘凉闲聊的居民，有的居民在人行过道上铺上凉席眯眼睡觉；有的居民拿着“马扎儿”坐在家门口，手摇着扇子喝茶聊天；还有东一伙西一帮的居民聚在路灯底下打扑克、下象棋。小孩子们东家串西家串或在前后院的街道内嬉闹，我小，就蹲在俺家楼前的老杨树下听俺爸妈和邻居们唠嗑。

我长大点时，常在俺家楼前的路边玩游戏。我们女孩子们常玩的游戏有，踢盒子、踢口袋、踢毽子、跳皮筋、跳方格、老鹰抓小鸡。男孩子们常玩的游戏有，弹玻璃球、推铁圈、打冰嘎、打刺溜滑、扇啪叽，那瘾头老大了，忘了吃饭，大人不叫不回家。

“文革”时期，学校、街道时常组织中小学生在高尔基路街旁表演当时流行的文艺节目。记得节目有，合唱歌曲《红军不怕远征难》、《我爱北京天安门》、《大海航行靠舵手》、《社员都是向阳花》等。演员们手捧着红宝书，跳忠字舞。

每年的十一国庆时，政府都在斯大林广场（今人民广场）放露天电影，斯大林广场离高尔基路最近，俺们全家人各自拿着小板凳，兴高采烈地坐在广场上看。每年都重复放映这几部影片，《地道战》、《地雷战》、《英雄儿女》、《南征北战》等。那时的老百姓们百看不厌，放完电影后，接着看放焰火，那是我们一年中最热闹的时光。

下乡

那个年代，孩子们中学毕业后，都要下乡插队，接受贫下中农的再教育。我小，没赶上。俺家子女中，除俺大哥和我外，其他哥哥姐姐都下乡务农过。俺大哥在学校表现优秀，被学校保送进了工厂当工人，俺大姐下乡到盘锦，三年后回的城。俺二姐下乡到城子坦一去就是四年，后来招工去了青岛，婚后随俺姐夫定居在福州。俺三姐回山东老家插队落户，侍候俺八十多岁的奶奶，后来，她将自己的家安置在了烟台。俺二哥下乡到新金县杨树房，1976年部队到杨树房征兵，不巧，他回大连探亲，错过了当兵的机遇。没有穿上军装成了俺二哥一生的遗憾。三年后，俺爸从工厂退休，俺二哥接俺爸的班进工厂当了工人。

俺三姐在山东老家务农时，每次从山东乘船回大连都捎些大米白面、花生米杠子头火烧、石榴和地瓜干，还有水灵灵的大苹果。她每次回到大连家里，全家高兴的像过年一样热闹。

别了——“苞米面肚子，的确良裤子”

“文革”后，大连老百姓的日子渐渐好了起来，到粮站能买到议价的大米白面，副食品不再短缺，市场上能买到新鲜的禽肉蛋。不久，商业部门也取消了各类商品食品的凭票购买制，俺家的餐桌上，渐渐地丰盛起来，经常能吃到鸡鸭鱼肉，细粮也多了起来，告别了大连老百姓形容自己的“苞米面肚子，的确良裤子”的日子。知识青年陆续返城安置工作，俺哥哥姐姐也相继回城，进了工厂和机关，都能挣工资了，家里的生活有了日新月异的变化，父母心里乐开了花。走在大连街上，走在高尔基路上，都能看到老百姓们脸上挂满了喜色。

俺爸妈没有多少文化，但他们对子女教育却非常严格。俺爸常对儿女们说：“要老老实实做人，踏踏实实做事，年轻时，把自己的路铺好。”这句朴实的教导，成了我们子女们人生奋斗的座右铭。

我看看手上的表，时针已指向下午四点，此时，妻子巧雅仍意犹未尽。她喝了一口咖啡感叹地说：“1980年，俺家从高尔基路搬到了春柳小区，这一走，就是三十多年。虽然我常路过高尔基路，但走进俺家住过的这栋小楼，还是离开它三十多年来的第一次，恐怕也是最后一次了，没几天，它就该被人扒掉了。”说罢，她突然站起身来，拉着我的手说：“走，到外边去，我站在俺家老楼前，你给我照个相，留下这张意义非凡的照片。”妻子巧雅站在她家老楼门前，我按动了相机的快门，这一瞬间，记录下了妻子对她家老房子、对过去那个时代的永久纪念。妻子笑了，是的，她没有留下遗憾！

黄花劝

1931年9月18日，夜。驻守在沈阳北大营的东北军独立七旅六二〇团营长李明国，夜查营区岗哨。他走到北大营正门前，询问哨兵："有情况吗？"哨兵回答："报告长官，一切正常。"前几天，他接到团长王铁汉的电话，说："近期日本关东军演习频繁，东北军大部调往关内，沈阳城防空虚，注意严加防范。"李明国命令哨兵："发现可疑动向，立即报告。"李明国回到营部，此时已过22时。然而，就在一个小时前，日本关东军独立守备队二大队七百名官兵，已经悄悄潜伏在北大营墙外，两门从日本神户散件运到旅顺，后偷运到沈阳的二百四十毫米口径大的火炮，已瞄准了北大营。由日本关东军板垣、石原、花谷正等头目蓄谋已久的惊天冒险计划即将实施了。1931年9月18日22时20分，从沈阳柳条湖方向传来一声巨响，日本关东军将柳条湖南满铁路一段炸断，谎称是东北军所为，以此为借口，22时25分，日军开始野蛮炮击北大营，这就是震惊中外的九一八事变，日称"满洲事变"。听到北大营的炮声，六二〇团团长王铁汉从家中扬鞭骑马急速赶到北大营。23时，驻守在北大营内的东北军独立七旅另两个

团已经向东山嘴子撤退，旅长命令他：“不抵抗，等候交涉，六二〇团撤出北大营。”王铁汉决定，坚守北大营，等日军进攻营区时，进行自卫还击。19日凌晨1时40分，埋伏在北大营墙外的日本步兵，在炮兵的掩护下，以坦克开路，向北大营发起了猛烈的进攻。东北军司令长官公署军事厅厅长荣臻来电话下令：“不准抵抗。”王铁汉怒答：“敌人侵吾国土，辱我官兵，誓与北大营共存亡。”王铁汉高举手枪大声命令：“打！”李明国接到团长命令后，迅速组织全营反击攻入营区的日军，击死击伤日军四十余人，打退了日军第一波进攻。六二〇团在上级“不撤退、负全责、革职查办”，再三严令催促下，不得不忍痛撤离了北大营。李明国撤退时，跑到墙外家里，与妻儿道别：“不用多久，我就回来，杀这帮狗日的小日本。”他抱起三岁的女儿玲玲，在她脸上使劲亲了一口，又将玲玲放到妻子怀里，转身出了家门。他身后随之传来“爹爹……”女儿玲玲的哭喊声。

第二天清晨，日军在北大营残垣断壁中搜索寻找我东北军伤残人员。日军获知，抵抗日军的六二〇团几位军官家眷，住在北大营墙外附近，便在附近街坊巷子里开始挨家挨户地搜查。李明国妻子闻后，抱起玲玲准备出门往外逃，只见日军已经涌入门前，她跑到后院，打算翻墙脱身，这时，邻居张裁缝从墙外探出头喊她：“弟妹，快把玲玲给我。”李明国妻子将玲玲举过头顶，递给了张裁缝，自己正准备越墙时，被闯进来的日军开枪打死。张裁缝抱着玲玲离开了，怀里的玲玲不停地哭叫着：“娘啊，娘啊！”

张裁缝是李明国家的邻居，四十来岁，陕西人，独身一人在北大营墙外街里租房开了个裁缝店。李明国妻子喜欢穿旗袍，张裁缝手艺好，她常让张裁缝给自己做旗袍，渐渐两家有了交情，相处犹如亲戚一般。昨天夜里，小鬼子炮轰北大营，偷袭营区的东北军，他预感要出大事，天一亮，他登上自家房顶，看到北大营内烟火弥漫，营区房屋损毁，到处是日本兵和地上散落的碎石瓦块。突然，他看到街西头跑来十几个日本兵，在一个中国汉奸的引导下，直奔李明国家扑来。他想，一定是小鬼子要抓东北军的家属，他立刻下了房顶，跑到李明国家的后院墙，准备从后院进李明国家，搭救李明国的老婆和孩子，没想到李明国老婆却遭日军的枪杀。

沈阳沦陷了，不到半年时间，整个东北落入了日军的铁蹄之下。成千上万的东北同胞家破人亡、流离失所。张裁缝抱着三岁的玲玲逃出了关外，历经千辛万苦到了天津，后乘火车回到了老家陕西，在西安城里租了个门面房，继续做他的裁缝活儿。他含辛茹苦拉扯着玲玲，供她上了小学读了初中。玲玲上初中时，张裁缝就将她的身世告诉了她。张裁缝经常跟玲玲讲，你母亲是被日本鬼子杀害的，你父亲李明国是东北军六二〇团的营长，他在北大营开枪抗击过日本鬼子。记住孩子，小日本和咱们有着血海深仇。等见到你父亲时告诉他，小日本杀死了你的母亲。玲玲在心里深深记住了这些话，每当张裁缝向她讲起她的身世时，她总是这样回答："爹，俺记着呢。"

1944年，玲玲十六岁了，已经出落成一个水灵灵的大姑娘。细腰柳肩，眉目清秀，一双清澈透明的大眼睛，谁见谁夸她是个百里挑一的俊妹子。街坊邻居常对张裁缝说："你真有福气，养个既懂事又漂亮的女儿。"每每这时，他总是喜不自禁地说："那是老天的造化。"这天，玲玲跑回家里，搂着张裁缝的脖子说："爹，俺要到延安去。"张裁缝怔住了，放下手中的活儿，问："那是共产党八路军的地方，你去那儿干啥？"玲玲笑着解释说："八路军驻西安办事处一位干部常到我们学校去演讲，他告诉我们延安是当代中国青年向往的革命圣地，那里有鲁艺、陕北公学、抗日军政大学、中国女子大学，有许多进步青年在那里经过学习培训后，奔向全国各个抗日战场。全国有很多知识分子、学者都去了那里。我听老师说，中国的未来，属于中国共产党的。爹，俺今天上午去了西安八路军办事处，已经申请并获准去延安了。"张裁缝听罢，一脸不高兴，摇摇头，生气地对玲玲说："你年纪太小，又是个女孩子，和那些大人扯在一起干什么？万一有个闪失，我怎么向你的父亲，还有你九泉之下的母亲交代呢？"玲玲把头靠在他怀里安慰他说："爹，您放心，我到延安是去读书，不是去打仗。"张裁缝半信半疑地说："真是这样？"玲玲朝他点了点头。玲玲望着爹那布满皱纹的脸，还有那弯弓的腰，心里阵阵酸痛。十四年来，爹辛辛苦苦把我养育大，平时省吃俭用供我读书，每年爹都给俺做上两件新鲜的花格衣服和裙子，而爹他一年四季总是穿着自己那件缝了又缝补了又补的旧长褂，从未见做裁缝的爹为自己添置过新衣裳。想到这儿，玲玲的眼睛里噙满了泪水。她拉着爹的手说："爹，这十几年来您为了我，苦了您自己，您老的养育之恩，女儿都记在心里。"

他用手抹去玲玲脸上的泪水说：“孩子，长大了，总是要飞的。爹不拦你，你只要干正事，走正道，做合自己心意的事，你就去吧。别忘了，有机会打听一下你父亲李明国的下落。”

玲玲告别了养父张裁缝，和几名同学一起，冲破国民党的层层阻拦，于1944年3月，到达了革命圣地延安。玲玲考进了延安鲁迅艺术学院戏曲专业。在这里她结识了许多知名艺术家，在他们身上获取了珍贵的艺术营养。中央首长经常到鲁艺做报告，开拓了她的视野，使她懂得了许多革命道理，很快，她成为延安鲁艺中十分活跃的热血青年。她和同学们在宝塔山上饱览祖国的旷野山川，在延河边与同学们畅谈中国革命的新文化新思想，在简陋的窑洞里，编排抗日剧目。这年秋天，鲁艺演出黄河大合唱，玲玲被导演选中，领唱歌曲《松花江上》。这首歌充满着凄哀和悲愤，揭示了九一八事变后，日寇侵占了东三省，许许多多被迫逃离家园、四处流亡的东北同胞，渴望回归家乡，重整河山的迫切愿望。玲玲这个幼时母亲就在九一八事变中被日军杀害、逃离沈阳城的东北女孩，每每演唱这首歌时，都能以切身的感受发自内心地唱出一个四处流亡的东北同胞的凄楚哀述：“我的家在东北的松花江上，那里有森林煤矿，还有那满山遍野的大豆高粱。我的家在东北的松花江上，那里有我的同胞，还有那衰老的爹娘，‘九一八’‘九一八’，从那个悲惨的时候……‘九一八’‘九一八’。”

“我的家在东北松花江上，那里有高粱、大豆还有那衰老的爹娘……‘九一八’‘九一八’，从那个悲惨的时候……”

她以呼喊似的唱腔、悲愤的情绪，诉说东北同胞的苦难，真切感人，深深打动了在场的所有军民。歌曲唱完时，导演走向台前，向观众介绍玲玲：“这位小战士，她的家乡就在东北。”场下顿时群情激昂，口号声此起彼伏“打倒日本帝国主义”“把日本侵略者赶出东北，赶出中国”。

1945年3月，玲玲在鲁艺光荣加入了中国共产党。同年4月她被组织派到八路军冀东军区抗敌剧社，深入敌后宣传抗日。不久，抗战胜利了，她随冀东八路军部队挺进东北收复失地。她还没有来得及回沈阳故乡看看北大营，探寻自己儿时生活过的街坊，此时，内战爆发了。1946年年初，国民党撕毁停战协议，大举向我东北、华北、华东、山东等解放区发动全面进攻。玲玲所在的冀东军区与山东军区渡海到东北的部队合并，成立东北民主联军，后改为东北解放军。她在东北解放军某纵队文工团任女兵队长。

四保临江战役胜利后，在纵队英模表彰大会上，纵队文工团演出了歌剧《白毛女》，玲玲扮演剧中的喜儿。许多干部战士为喜儿的悲惨遭遇流下了热泪，当演到黄世仁受到解放区政府的公审时，台下一名战士冲向舞台，举枪要向扮演黄世仁的演员射击，后被人及时制止。剧情极大地激起了广大指战员们对剥削阶级的仇恨，更加坚定了他们打倒国民党反动派，奋勇杀敌的决心。

1948年夏的一天，玲玲被纵队政治部吴主任叫到了办公室。办公室里还坐着一位玲玲从未曾见过的首长。玲玲敬过礼后，吴主任将玲玲介绍给这位首长：“这就是李玲同志，纵队文工团的台柱子。”又向玲玲介绍这位首长：“这位首长是东北解放军敌工部张部长。”“首长好。”玲玲朝张部长说。大家落座后，张部长对玲玲说：“经组织调查确认，你的父亲叫李明国。我们知道你们父女已经失散了十七年，你父亲离开你那年你才三岁，你父亲李明国现在是国民党暂编B师师长，他的师现在驻防盖山镇。你父亲是一位爱国将领，1936年，他任东北军团长，他的团驻防陕西时，与我们红军相邻不相敌，他曾私下三次探访过延安，表示厌倦内战，愿与我们共同抗日。还与红军许多将领结下了深厚的友情。他的团围剿红军时，枪总是朝天打。全面抗战爆发后，你父亲升任国民党军旅长，率领他的部队参加了淞沪会战、武汉保卫战，打了许多漂亮仗，在晋绥战场上，你父亲率部曾歼灭了日军小野河联队主力，震惊中外……目前，我军集中三个纵队已将盖山镇B师团团围住。林罗首长指示，李明国是著名抗日将领，又曾是我军红军时期的老朋友，不想兵戎相见，指示我们敌工部，尽最大的可能争取李明国起义。据我们现在掌握的信息，你父亲反对打内战，反对蒋介石进攻我解放区，这是我们争取他起义的最首要的条件。”玲玲听完张部长的这段话，既兴奋又苦恼，兴奋的是，父亲终于有了下落，而且他曾是一个出生入死，建有奇功的抗日将领；苦恼的是，父亲是国民党军的师长，参加了内战。张部长接着说：“李玲同志，组织上交给你一个重要任务，派你去盖山镇B师，劝说你父亲脱离国民党，率部起义。告诉你父亲，只要放弃武力抵抗，什么条件都可以谈。起义后，他的部队编入我军序列，他可以继续当他的师长。你是在你养父身边长大的，你父亲离开你时，你小不记事。你如果现在只身找你父亲，恐怕会惹麻烦。所以，我们敌工部的同志从遥远的西安，将你的养父请来，与你同去，便于你们父女相认。”他说完，便朝吴主任点下头，吴主任招呼工作人员：“请把张师傅请来。”玲玲离开养父四年了，当张裁缝进屋时，父女二人顿时相拥而泣。张裁缝对玲玲说：“你爹是条汉子，他有种，是杀小鬼子的大英雄，咱不能让他跟着蒋介石走，毁了他自己一生的好名声，咱俩去他那儿劝劝他。”玲玲转身朝两位首长敬礼，并发誓：“我们尽全力说服他，弃暗投明，率部起义。”

盖山镇，国民党军暂编B师师部。B师师长李明国坐在自己的办公室椅子上，正在听师参谋长给他读刚刚收到的国军参谋总长兼东北行辕主任陈诚给他发的电文，电文这样写道：“明国弟，B师装备精良，锐气胜敌，望你部固守盖山待援。我已下令廖耀湘部三个师，火速增援你部，以解被围之境。”李明国冷笑了一声说：“我师装备精良，若与总裁黄埔系部队的美式装备相比，我师堪称三流。”参谋长焦急地说：“帅座，共军三个纵队围困我师已经是第三天了。据我方侦察获悉，共军已全面做好攻城准备。共军的前沿阵地，已推进到离我师防区二百米处。据东北行辕主任公署来电告知，共军一部在沈阳通往盖山镇的必经之路马家堡子构筑野战工事，企图阻止廖长官增援我师的部队。共军意图非常明显，意在全歼我师——”李明国扬手一摆，打断参谋长的话说：“够了，就是共军不采取围城打援的战术，廖耀湘也不会出兵解我之围的。保存实力，是他们中央军一贯的作战策略。”参谋长又说：

“师座，我有点疑惑，按共军以往的作战规律，他们完成部队集结之后，会采取速战速决的战术打法。三个纵队围困我师三天，却对我师迟迟不发起攻势，我真有点莫名其妙。”李明国沉默不语，在屋内来回踱着步子，心中思绪万千。抗战胜利后，本想着能过上个安静舒适的太平日子，可蒋总裁和他的幕僚们非要在国内清除共党和共军，兄弟间又重起厮杀，令外人耻笑！国人悲哀！他望了望窗外军车穿行，士兵涌动的场景，叹声说：“刚刚驱逐外夷，国家百废待兴，而今自族，尽相血溅，冤冤相报何时了啊！”这时，副官进屋报告：“报告师座，门外有位老人领着一个姑娘，声称是您的亲属，要求见您。”李明国一听心里有点纳闷。他率部出关后，到沈阳当年的北大营附近打探过妻子和女儿玲玲的下落，无人知晓。这一男一女是何人呢？他告诉副官：“请他们进来。”副官和参谋长深知不便退了出去。

张裁缝和玲玲进了李明国的办公室。李明国一眼认出了张裁缝，惊喜叫道：“张大哥！”“明国老弟。”两人热情拥抱。张裁缝拉着李明国的手，指着玲玲说：“她就是你的女儿玲玲。”李明国慢慢松开张裁缝的手，看着站在眼前，树条条，端庄清秀的玲玲，嘴中不住地念叨着：“玲儿，是我的玲儿吗？十七年啊，爹我想你想得好苦啊。”泪水顿时从他眼睛里流淌下来。“爹！”玲玲扑向李明国的怀里。李明国抚摸着女儿的头，哭腔着说：“孩子，爹对不住你娘俩呀，把你娘和你撇下了。”末了，李明国问玲玲：“玲儿，你娘呢？”张裁缝接上了话茬，将玲玲她娘如何被日本鬼子杀害，自己又如何带着玲玲逃到西安，一五一十地讲给李明国听。李明国从衣兜里掏出妻子的照片，默默看着，泪珠滴在照片上妻子的脸颊上。他对照片中的妻子说："玲儿她娘，我李明国对不住你啊！'九一八'国恨家仇啊！"张裁缝走到李明国身旁安慰他："明国老弟，别责备自己了，都是那帮狗娘养的小日本做的孽啊。"李明国擦去脸上的泪水，转身握住张裁缝的手说："谢谢你救了玲儿，又把她抚养这么大，这恩，我李明国将永生不忘！"

李明国为女儿和张裁缝准备了丰盛的晚餐。吃饭时，玲玲向父亲亮明了自己的身份，并说明了来意，她规劝父亲："中国人民解放军在全国各个战场取得了一系列胜利，东北国民党军在我军的猛烈打击下，节节败退，不得不由战略进攻转为战略防御，龟缩在几个大城市内。不日，我军将乘胜追击，彻底消灭东北境内的所有国民党军队。爹，我来之前，首长对我说，您是抗日名将，爱国人士，红军的老朋友，肯定了您为国家和民族做出的贡献。我们真诚希望您脱离蒋介石腐朽没落的集团，站在人民一边。"说完，她拿出一封信递给父亲，又说："这是我东北解放军张部长给您的信。"李明国打开信，急阅，信中写道："李师长，甚好。国民党蒋介石政府发动内战，不得人心。目前，蒋介石统治集团及所属军队已穷途末路，即将走进历史的坟墓。望李师长能以民族大义为重，脱离蒋介石这条不归的贼船，回到人民的怀抱。我十万大军兵临盖山城下，迟不攻城，目的就是期待李师长深明大义，能率部义举。林罗首长决定，您若率部起义，编入我军序列，你部人员编制不变，各级军官职务不变，您仍继续担任该师师长。东北解放军敌工部部长张泽浩。”

李明国看完信后，迅速将信用打火机烧掉，他站起身来，在饭厅里来回踱步。玲玲走到父亲面前，继续耐心地说服他：“爹，我军三个纵队几天前就已经将B师围得水泄不通，要打的话，我军早就打了，几个小时，我军就可以占领整个盖山镇。我军为什么迟迟不进攻B师，还不是考虑到您的历史功绩吗——”李明国打断玲玲的话：“别说了，容我再想想。”说完，径直走进了自己的办公室。

李明国坐在椅子上，双手抱着头，低头沉思着。他想，玲儿的话确有道理，老蒋气数已尽，国军全线崩溃，看来中国的未来是属于共产党的了。如果继续与共军对抗，只有死路一条，自己还要背上战犯的恶名。下午，他从东北行辕主任公署那里得到消息，称廖耀湘以沈阳战事吃紧为由，拒绝发兵解B师之围。陈长官接着又来电告诉他，顽强死守，不成功则成仁。这是李明国事先预料到的，蒋介石的嫡系部队，对杂牌军早存戒心，不会花血本以死相救的。他拿起茶杯用力往桌上一摔，心中自语，一不做，二不休，豁出去了，投靠解放军！给老蒋卖命，我一个杂牌军不值！况且张部长那边开出的条件已经很优厚了。此时，他心意已决，率B师起义。李明国决定起义，心中是有底气的，B师是东北军的老底子，他手下四个团的团长都是东北军出来的，二十几年的铁杆兄弟，一呼百应。他只是担心副师长、参谋长和军法处长这三个人。副师长、参谋长是范汉杰的人，军法处长是军统毛局长监视B师的眼线。李明国十分清楚，若举事，必须把这三个人监控起来，否则，后患无穷。李明国长长叹了口气，觉得心里敞亮多了。他命令副官，叫手下四位团长火速到他的办公室开会。

会上，李明国对四位团长说："各位都是跟我二十几年的弟兄。当年，老蒋下令我东北军放弃抵抗日军，从此，我们背上了不抵抗的骂名。如今，老蒋又令我们打内战，而目前，我师陷入共军十万大军的包围之中，老蒋却抛弃了我们。为了保全我师一万多弟兄们的性命，我现在决定反水，不再为老蒋卖命了……我和共军接触过了，弟兄们到那边后，官职不变，人员编制不变。怎么样？"大家异口同声赞成。二团团长展大鹏高声道："我早就看穿了老蒋的那一套，咱们东北军就是后娘养的。我听俺家亲属说，共产党在俺家乡搞土改，俺家还分了几十亩地，还分了一头牛。我看咱们拉队伍到那边去，兴许有个奔头呢。"李明国警告大家："此事生死攸关，天机不可泄露，你们回去后，做好拉队伍出去的准备。何时行动，听我命令。""是，师座。"众人齐声回答。李明国又单独给展大鹏下达任务，让他今晚派人将副师长、参谋长及军法处长三个人抓起来看管住。

李明国仍坐在自己的办公室里，焦急等待展团长的电话，半个小时后，展团长打来电话说："副师长和参谋长已经被我派兵控制起来，军法处长不知去向。"李明国一听军法处长不知去向，不觉心中一惊，这个狡猾的家伙，偏偏在这个节骨眼上消失。突然，李明国办公室的门被推开了，军法处长带着五个执法兵押着玲玲和张裁缝进了李明国的办公室。军法处长奸笑着对李明国说："哈哈，李师长，你这位千金小姐，可不一般呀，据我们获得的情报，她是共军的奸细，想策反B师。听说，他们还编演了一通绝妙动听的悲欢离合的故事。李师长，你是党国信赖的将军，与共军奸细接触，做何解释？”李明国见军法处长如此盛气凌人，顿时怒气冲天，拍案而起，怒斥他说：“胡说八道，你别仗着你是毛局长手下的人，为虎作伥！我警告你，这B师我是师长，我说了算。你赶紧给他俩松绑。”军法处长不屑一顾，说：“李师长，你夜开密会，羁押国军将领，难道你想蓄谋反水吗？我现在就可以缴你的械，把你送上南京军事法庭。”这时，展团长带着手下官兵，冲进李明国的办公室，以迅雷不及掩耳之势，缴了五名执法士兵的枪，军法处长听到身后一阵混乱，回头一看，自己的执法兵被缴了枪，怒指展团长大声训斥：“你想造反吗？”说着，便要伸手掏腰间的手枪，被李明国抬手一枪毙命。众人将捆绑在玲玲和张裁缝手上的绳子解开。李明国走到女儿身边，拉着她的手郑重地说：“就按你们说得办，我想马上见到你们的张部长。”玲玲被父亲的义举深深感动了，说：“爹，您真了不起，女儿为有您这样的父亲，而感到骄傲和自豪！”

玲玲乘父亲的吉普车，连夜返回纵队政治部，将张部长接到了B师师部。李明国手下团以上军官列队迎候张部长。李明国握住张部长的手激动地说：“我师愿接受解放军的收编。”张部长高兴地说：“我代表林罗首长，向你们表示祝贺！”落座后，张部长对李明国说：“当年您率部驻防陕西时，以民族大义为重，抵制蒋介石围剿红军，后来在抗日战场上，率部痛杀日寇，屡建奇功，人民记着您的功绩。再有，1931年九一八事变时，您在东北军六二〇团团长王铁汉率领下，抗击入侵北大营的日军，打响了中国军队抵抗日本侵略者的第一枪。这一点上，我们是清楚的，历史也会记住那一刻的。”李明国走到张部长面前，紧紧握住他的手，哽咽着说：“谢谢！谢谢！”在场的所有东北军军官此时都激动地流下了热泪。

李明国率部于1948年夏成功起义，起义部队编入中国人民解放军序列。该部成为国民党军中较早宣布起义的部队之一。

1950年9月18日这一天，李明国在玲玲和张裁缝的陪伴下，来到了北大营遗址旁，当年规划整齐的营房，被日军炮火几乎夷为平地，只剩下几处残垣断壁。望着眼前凄惨的景象，李明国痛惜万分地说：“当年驻守在北大营的东北军独立七旅下属三个团，共九千八百人，而向我北大营进攻的日军只有七百人。如果上级下令还击的话，我们会将他们一口吃掉的。然而，上级下令我们‘不抵抗、不还击、武器入库’。另两个团先撤出了北大营，我六二〇团团长王铁汉拒绝执行上级的不抵抗命令，指挥全团官兵，对入侵北大营的日军进行了自卫还击……惨啊，惨啊！死了那么多东北军弟兄。蒋介石下令不抵抗，东北军二十万大军束置关内，背上不抵抗的骂名。”李明国慢慢走到北大营一处断壁前，手轻轻地抚摸着弹痕累累的壁砖，两眼含泪，脸仰青天：“千秋功罪，世人评说吧！”

草原之恋

1973年，张勇中学毕业了。这位军分区司令员之子，是学校的团总支副书记。在学校上山下乡的宣誓大会上，他慷慨激昂地表决心："……我要到呼伦贝尔大草原去，那里是我们年轻人大有作为的地方。"他跑回家里，扯着母亲的手说："妈妈，我报名了，到内蒙古呼伦贝尔大草原，接受贫下中农的再教育。"张勇母亲是军分区卫生所的医生，对儿子的唐突选择，显得措手不及。她抱怨儿子："小勇，你事先也不跟父母商量一下，就自作主张。我和你爸早就商量好了，你中学毕业后，就送你去当兵，凭你的才华，和你爸在部队中的人脉关系，入党提干不成问题。"张勇说："妈妈，我不想借你们的光，走完自己的一生。"这时，张勇的父亲好像听到了他们母子俩的对话，从楼上下来，对张勇说："小勇，你要到草原上插队落户，好啊，你不是一时的冲动吧？草原是非常艰苦的地方。"张勇跑到父亲身边，态度十分坚决地说："爸，我早就做好思想准备了。别人家的孩子能去，我为什么不能。"父亲点头"嗯"了一声，坐在沙发上，沉思了一会儿，说："我支持。"张勇母亲不悦，说："老张，小勇

他能吃了那苦吗？”张勇父亲笑着说：“哈哈，你呀，孩子自己的事你别拦着。他能响应党的号召，到草原去锻炼自己，这是件好事嘛。”这几天，张勇的母亲闷闷不乐，张勇临走那天晚上，她哭了一整夜。

那天上午，满载着去往呼伦贝尔大草原的知识青年的火车，徐徐地开动了。站台上锣鼓喧天，彩旗招展。张勇头探出车窗外，向父母挥手道别，胸前大红花把脸映衬得红彤彤的。母亲两眼含泪，朝他大声喊道：“小勇，别饿着、冻着，常给家里写信。”“放心吧，爸妈，听我的好消息。”

列车经过两天一宿的颠簸，驶入了内蒙古呼伦贝尔大草原。蔚蓝的天空，一望无尽的茫茫绿色大草原，洁白的蒙古包，尽收眼底，此时此刻，张勇和同学们都陶醉了，这就是他们日思夜想的地方，那个如同神话般的崭新世界。没多久，列车在一个荒僻的小站停下来，带队老师告诉张勇：“你的小组插队的地方到了。”张勇领着他的小组共六个男同学下了火车。候车室是泥砌的草房，四周是一望无际的草原，显得孤零零的。张勇吸口冷气，心想，咋这般荒凉。这时，一个穿着蒙古袍的蒙古族大叔朝张勇他们喊道：“小伙子们，跟我走吧！”他们跟着大叔出了候车室，大叔手指向一辆三匹马的马车说：“小伙子们，上车！”

张勇和其他六个同学一起坐上了马车，马车上六个同学都是和张勇一个学校的，他们编成一个组，组长是张勇。大叔挥起鞭子“叭叭”两声脆响，马车向草原深处飞奔而去。

大叔唱起一段蒙古族民歌："美丽的草原，迎来远方的客人，沏上香美的奶茶，斟满甘甜的马奶酒……"

晌午时分，马车驶进了一处小院，院内只有三间泥草房，大叔告诉他们："这是生产队队部，我叫巴特尔，是生产队的队长。"大家惊讶地望着大叔，赶车的大叔原来是生产队长。

走进草房，屋内落满了灰尘，地上随处可见羊拉的粪球。火炕上没有草席，只是铺了一层薄薄的干草。地上堆着草捆和牲畜食用的豆饼。棚顶墙角挂满了蜘蛛网。大家心里顿时凉了半截。巴特尔大叔对大家说："小伙子们，草原牧区生活就是这样，苦！你们是在城里长大的，就是要尝尝草原牧区生活是个啥滋味。来，小伙子们，别耷拉着脑袋，一起收拾房子，今后这里就是你们的家了。"张勇把行李往炕上一放，对大伙说："还愣着看什么？动手收拾咱们自己的家。"

张勇是学校的团总支副书记，在学校临毕业前入的党，品学兼优，在学生中威信颇高。他中等身材，清秀的面孔显得文质彬彬，一双深邃有神的眼睛，闪出智慧的光芒。巴特尔大叔对张勇说："咱们生产队有五十多户牧民，牛二百多头，羊五百多只，马一百多匹，都散养在牧民家里。咱生产队院外有个羊圈，圈里有四十多只羊，专有个牧民饲养。你们来了，这四十多只羊由你们饲养了，不懂的地方，问问牧民。"张勇好奇的只顾点头答应。

当天晚上，巴特尔大叔把这些城里来的知青，请到自家的蒙古包里喝酒吃肉。巴特尔大叔特意宰了一只羊款待他们。小伙子们吃着手扒羊肉、蒙古馅饼，喝着奶茶。

巴特尔大叔的女儿萨日朗花拿起酒壶，将每个人的碗斟满酒，巴特尔大叔高兴地端起自己手中的酒碗说：“这是我们蒙古族人酿制的马奶酒。我们蒙古族人向来以酒会朋友，真诚的朋友不醉不休，你们都是未来草原上的雄鹰，来，喝！”巴特尔大叔一饮而尽，接着抓起一根羊骨肉，又从腰间抽出蒙古刀剔下一块羊骨肉，蘸上调料放进嘴里。这些刚出学校门的城里小青年，哪见过如此喝酒的，都难为情地看着张勇。张勇赤红着脸自语道：“盛情难却，入乡随俗。”端起酒碗仰脖饮下，晃着头对同伴们说：“喝！”大伙儿学着张勇的饮酒姿势，个个像绿林好汉一样，大口“咕嘟咕嘟”喝了下去。巴特尔大叔哈哈大笑起来：“好样的。”说着，他盘起双腿，拿起他心爱的马头琴，弹起了悠扬欢快的蒙古乐曲，身穿红色蒙古袍的萨日朗花随着优美的琴声翩翩起舞。张勇双手打着节拍，两眼目不转睛地盯着萨日朗花，她长得一副清纯美丽的模样，雪白的瓜子脸，樱桃小嘴，柳月弯弓的眉毛细又长，一双黑亮迷人的大眼睛。两耳挂着银光闪烁的银耳坠，腰间系着绣满花纹图案的布腰带。她舞步轻盈，仪态大方，时而两肩摆动，时而两手叉腰，展现出活泼优美的蒙古族舞姿。萨日朗花跳完舞，向大家深深鞠躬，两条乌黑柔软的辫子撩在张勇的脸上，瞬间，他感到脸上痒痒的，心却是暖暖的。

张勇这几天领着大伙儿收拾住处，跟着牧民们赶着牛羊在草场上放牧，学会了用牛粪烧火做饭，到小河边上挑水洗衣。这天，张勇独自来到河边挑水，逢巧，萨日朗花在河边洗衣。姑娘看到张勇来了，高兴地问他：“张勇哥，你以后衣服脏了，我来给你洗。”张勇不好意思：“朗花妹妹，你平时够辛苦的了，做饭洗衣，放牧挤奶，怎好劳驾你呀！”萨日朗花说：“听我阿爸说，你是咱生产队知识青年的领导，又是党员，阿爸夸你有水平。”张勇摸摸头，谦虚地说：“巴特尔大叔过奖了。”萨日朗花又说：“张勇哥，你有空儿常到我家玩吧。”张勇爽快回答：“一定去。我很想喝你做的奶茶。”萨日朗花将洗好的衣服装进水桶拎起，朝张勇抿嘴一笑，疾步奔向她的蒙古包。张勇望着她长辫飘逸下的背影，心中暗叹，想不到富饶美丽的大草原，还孕育如此花一样的漂亮姑娘。这时，萨日朗花转过身来，看到张勇还愣呆呆地伫立在河边，向她张望，她向他微笑着招招手，张勇似乎有点慌张，他下意识也想朝她挥挥手，手臂还未伸开，萨日朗花一阵笑声，扭过头去，进了她的蒙古包。

秋天到了，绿色的草原变成了金黄色。草原的上空，天高云淡，偶尔有几只小鸟在你头上飞过。成群的大雁排成“人”字，掠过长空，向南飞去。秋天无风，偶尔下几滴小雨，泥土没有了春夏的湿润，草原的气候有些干燥。张勇领着大伙儿和牧民们一起，用割草刀开始割草，将草扎成捆，放在牛羊圈里，做牛羊过冬饲料。萨日朗花策马飞鞭，来到草场，将盛满水的皮袋递给张勇，说：“张勇哥，大热天的，快喝水。”说着又将毛巾搭在他肩上，“擦擦汗。”说完，飞身上马，扬鞭而去。同伴们七嘴八舌地议论开了：“张勇真有福气。”“她有时到咱的房间，趁张勇不在，将他的脏衣服拿去洗。”“我看，萨日朗花八成是看上了张勇。”张勇听了，不耐烦地说：“瞎说些什么？干活！”

下午，张勇清点完羊圈里的羊，托着疲惫的身子，独自一人往住处走。萨日朗花跑到他身边对他说：“张勇哥，我阿爸叫你今晚到我家吃饭。”张勇不好意思：“朗花，我还是和大伙儿在宿舍里吃吧。”萨日朗花撇着嘴，不高兴：“你瞧不起我们。”说完，转身欲走，张勇忙答应：“好，好，我去，我去。我回房间收拾一下，马上就过去。”

夕阳下的秋天草原，金黄灿烂，白色的蒙古包泛着温柔的光芒。张勇走近巴特尔大叔的蒙古包前，看到萨日朗花蹲在奶牛身边挤奶，见她双手上下揉挤，动作娴熟，眨眼工夫，奶水盛满小桶。张勇看得眼花缭乱。萨日朗花对他说：“蒙古女人挤奶，就像蒙古男人放牧骑马一样，否则就不是蒙古女人了。”巴特尔大叔知道张勇来了，在蒙古包里喊：“张勇，快进来。”饭间，爷俩饮着奶茶，喝着马奶酒，吃着手扒羊肉、奶豆腐，还有皮薄肉嫩的馅饼。巴特尔大叔告诉张勇：“公社对你的工作非常满意，说你是公社牧区插队青年的榜样。小伙子，我在公社那边听说你父亲是司令员，喝，司令员儿子到咱草原插队落户不简单，好样的。”萨日朗花插话问：“司令员是多大的官儿？”巴特尔大叔说：“司令员能指挥千军万马。”酒过三巡，巴特尔大叔拿起他的马头琴弹了起来，曲调清幽哀怨，拨动心弦。萨日朗花低声哭泣起来。巴特尔大叔放下马头琴，叹了口气，说：“这是我们蒙古族人怀念亲人的曲子。朗花出生时，她母亲因难产过世了，朗花这孩子生下来就没有享受过母亲的疼爱。从小就学会了做饭洗衣，挤奶割草，剪羊毛。这孩子命苦啊！我整天风里来，雨里去，赶着牛羊换草场。”“阿爸，您别说了。”说着，她把头依靠在父亲的肩上。巴特尔大叔慈祥地笑着：“我的朗花，是草原上欢快的百灵鸟，阿爸的骄傲。朗花，快给你张勇哥斟上酒。”

张勇离开巴特尔大叔的蒙古包时，有些醉意，萨日朗花搀扶着他往他的住处走去。张勇摇摇晃晃神情有些恍惚，他隐约感觉到，一个温情少女的脸颊，轻轻贴近他的脸，他闻到了一股淡淡的女儿香，还有那蒙古族女人身上特有的香飘飘的奶茶味。

张勇倒在炕上，睡梦中，他梦见茫茫的草原上空，忽然飘来一朵彩云。云朵上坐着一位美艳绝伦的仙女，向他抛来一束长长的彩带，他牵着彩带随她而去，靠近她时，发现仙女竟是萨日朗花……

萨日朗花婀娜多姿的倩影，已深深埋藏在他的心里，他真的喜欢上了这个情窦初开、天真无瑕又勤劳善良的蒙古族姑娘了。

草原进入了寒冷的冬季。这天早晨，草原刮起了刺骨的寒风，接着下起了鹅毛般的大雪，狂风夹着雪花，漫天飞舞，铺天盖地。巴特尔大叔跑到知青住处，告诉张勇：“有几个羊圈里的围栏，被风雪冲散了架，羊群跑散了，得赶快组织人追回跑散的羊群。”大家穿好衣服，披上棉大衣。张勇将知青们分成两人一组，分头寻找跑失的羊群。张勇带着知青孙浩向西跑去。刚走出不远，两人被呼啸而来的风雪刮倒。两人相互搀扶着走进风雪连天的苍白大地。两人的眉毛都结成了小冰晶，浑身冻得瑟瑟发抖。

这时，不远处传来羊的“咩咩”叫声，他俩顺着羊的叫声方向跑去。果然，有几十只羊龟缩在土坝处，雪盖满了它们的全身，只能看到两只乞求的可怜的眼睛，巴望着主人的到来。两人将羊群往生产队的方向赶，费了好大的劲将羊群赶进了一个羊圈里。张勇看着木栏被风雪冲击得发出“吱吱嘎嘎”欲断裂的响声，担心木栏被风雪刮断，对孙浩说：“你留在这里，看好羊群。大风往西刮，羊群顺风往西跑的可能性很大，我向西找羊群去。”孙浩叮咛张勇：“你小心，别迷路，当心草原上的狼！”

张勇顺风往西走去，已两个多小时了。而此时的萨日朗花骑着马正四处寻找着张勇。她来到孙浩的羊圈处：“孙浩哥，看见张勇哥了没有？”孙浩告诉她：“朗花，张勇往西找羊群去了。”萨日朗花挥鞭大喊：“驾！”同时两脚往外用力下蹬，骏马前蹄腾空跃起，向西狂奔而去。她时跑时停，不停地呼喊着：“张勇哥，你在哪里？”突然，她看到远处有个人摇摇晃晃，步履艰难地踏雪前行，眨眼工夫，这个人便倒在了雪地里。她预感不妙，飞马赶到。下马一瞧，躺在雪地里的人是张勇，她迅速把他扶在自己胸前呼叫着：“张勇哥，我是萨日朗花。”张勇此时被冻得神志不清，迷迷糊糊的样子。她抱起他，将他架在马背上，用背带将他捆住，跃上马背，扬鞭催马，急速奔向她的蒙古包。此时，风雪渐渐小了下来，一阵狂奔颠簸之后，萨日朗花终于回到了自己的蒙古包。她将昏迷中的张勇放在毯子上。阿爸带人还在寻找被风雪冲散的羊群，家里的火炉早就熄了火。张勇是冻昏了，如不及时温暖过来他的身体，他就会有生命危险的。

她没有多想，解开自己的上衣扣，将张勇紧紧地搂在自己的怀里，为了他，她顾不得少女的羞涩。此时，她只有一个信念，把她的体温传递给他，让他快快苏醒过来。一个小时后，张勇慢慢睁开了双眼，他第一眼看到的，正是他曾不止一次在梦中见到过的那双柔情似水、爱意绵绵的眼睛。张勇眼角溢出了泪水，萨日朗花也激动得哭笑着说："张勇哥，你终于醒过来了。"张勇倒在萨日朗花的怀里，他突然感觉到，她如此的圣洁而伟大，而他一个五尺汉子躺在姑娘的怀里，心里觉得无比的羞涩。萨日朗花起身将羊皮大衣盖在他身上，转身拾草点燃炉火。这时，巴特尔大叔回来了，他握住张勇的手说："小伙子，你们知青个个都是好样的，跑散的羊群都找了回来。"

春天的草原，清风柔柔，蓝天淡云，嫩绿的青草，释放着潮湿的草香。张勇和萨日朗花手牵着手慢步在小河边。萨日朗花问："张勇哥，你爱草原吗？"张勇："爱。""那你爱我吗？"张勇把她搂在怀里，在她额头上轻轻一吻："更爱。因为我的身体内有你的体温，我的生命不能没有你。"萨日朗花接着又问："你爸爸是司令员，你爸妈能看上我这个蒙古牧民的女儿吗？"张勇一本正经地说："放心吧，他们会尊重我的意见。"萨日朗花笑了，松开张勇的手，沿河边欢笑着奔跑着，张勇在她后面紧追不舍……

一天上午，正在草场上放羊的张勇，被巴特尔大叔叫到他的蒙古包里。巴特尔大叔乐呵呵地对张勇说："旗里给咱们公社一个保送到内蒙古农业大学上学的名额。公社党委认为你是咱们公社知青中表现最好的，又根红苗正。

最后，公社党委决定，保送你到内蒙古农业大学学习。大学毕业后，回来建设草原。”说完，他从怀里掏出内蒙古农业大学的录取通知书，递给了张勇。张勇手捧录取通知书，兴奋得不知如何是好。他做梦也没有想到，自己能上大学。萨日朗花从外面跑进来，张勇高兴地对她说：“我要上大学了。”“真的，太好了。”张勇将录取通知书拿给她看。萨日朗花朝他努努嘴，说：“你别那么神气好吗，如果没有我阿爸的推荐，你未必能上了大学。这里有我阿爸的一份功劳呢。”张勇朝巴特尔大叔深深鞠了一躬：“谢谢巴特尔大叔一年多来对我的培养教育。”“小伙子，是你自己干得好。年青人，在大学里好好学习，毕业后，回到草原，为咱牧区服务。”“放心吧大叔，我一定会回报我热爱的大草原，回报对我恩重如山的巴特尔大叔和萨日朗花。”

萨日朗花亲自赶着马车，将张勇送到了火车站，临别时，萨日朗花从袍子兜里拿出一个精美的“哈布特格”腰饰物，是一个长方形的硬布夹子，用五光十色的金银红线，绣着金鱼二蝴蝶。萨日朗花两眼含泪，低声告诉张勇：“这是我们蒙古族姑娘送给心爱人的定情物。”张勇双手接过，赞叹：“太精巧了。”“这是我用了一天一夜缝制出来的。”张勇从衣兜里掏出一个圆圆的，如樱桃般大小的红色石榴石，放在萨日朗花手里：“石榴石，象征着对自己心爱人的忠贞不渝。”

呜，汽笛一声长鸣，火车开动了。张勇头探出窗外：“我会常给你写信的。”萨日朗花低声哽咽，朝他点头示意，“嗯，我等你的来信。”列车很快消失在她的视线里。

她孤零零一个人走出站台，手里握着红色晶亮的石榴石，举在眼前，看了又看，最后将它放在自己的胸口上……

一周后，萨日朗花接到了张勇的来信，信中这样写道："亲爱的萨日朗花……数日不见，如隔三秋。美丽的草原，美丽的萨日朗花，可爱的巴特尔大叔，还有那条静静的小河。我无时无刻不在想念着那里，她给我带来无限的荣光和遐想……我被分配到畜牧兽医专业学习，学制两年。这个专业，很适合我未来的发展。我的理想，就是扎根草原牧区，为建设现代化的新牧区而奋斗！"

萨日朗花立刻给张勇回了信，表达了朴素直白的眷念之情："亲爱的张勇哥，我和阿爸都很想念你，望你好好学习，盼你早日能回到我们身边……"

就这样春去夏来，秋去冬来，转眼一年多过去了，两人鸿雁传书从未中断。这年夏天，张勇就要大学毕业了。

这天，一辆军用吉普车停在了巴特尔大叔的蒙古包前，张勇的母亲穿着一身草绿色的军装走下汽车："请问，这里是巴特尔队长家吗？"巴特尔大叔和萨日朗花听声忙从蒙古包里迎了出来。"我是巴特尔。""我是张勇的母亲。"巴特尔大叔右膝弯曲，垂下右臂，热情施礼："请到家里坐。"萨日朗花双膝弯曲两臂垂下，低头微笑着朝她施礼道："婶婶好！"张勇母亲赶忙点头说："谢谢，不客气。"落座后，巴特尔大叔告诉女儿："朗花，给大婶沏上奶茶。"张勇母亲说："别客气。我一路打听，好不容易找到了您这儿。"张勇的母亲表情略显严肃："是这样，我这次来就是当面向您道谢的，感谢您平日里对张勇的帮助，给他创造机会上了大学，更感谢您的女儿萨日朗花救了张勇一命，这大恩大德，我们一家人永生不忘。听张勇来信说，他正在和您的女儿萨日朗花谈恋爱，他还想在草原牧区干一辈子。如今，我们在城里给张勇找好了接收单位，张勇毕业后，就回城里工作。萨日朗花在草原长大，文化低，俩人没有共同语言，恋爱只是一时的冲动，他们俩在一块不合适。大哥，您劝劝您的女儿，今后不要再和我家张勇来往了。"说完，她从挎包里拿出一个存折，放在巴特尔大叔面前："这五千元钱，是我们家长表示感谢的心意，请您收下。"巴特尔大叔把存折送回张勇母亲手里，心平气和地说："张勇他妈，您的心意我和萨日朗花领了。这钱我们不能收。我理解您的想法，我可以劝我女儿慎重考虑他们两人的关系，但最终他们两人是散还是聚，还是由他们俩自己决定吧。现在恋爱婚姻自由了，做长辈的也不好过多干预啊。"萨日朗花站在一旁，心里冰凉冰凉的，她开始后悔自己当初的仓促决定，执意想要嫁给张勇这样的家庭。她也曾担心过，出身的不同，门第的差异，有可能毁掉这段纯真美好的爱情。"大哥，我走了。""吃过饭再走吧。"巴特尔大叔挽留说。张勇母亲说："谢谢您，不了。我有事还要赶路。"张勇母亲仔细瞧了瞧站在一旁低头不语的萨日朗花，心想，这姑娘的模样长得确实漂亮，难怪张勇那么喜欢她，为了她想要舍弃未来的城市生活。

送走了张勇母亲，萨日朗花一头扑在毯子上呜呜大哭起来，巴特尔大叔安慰她："朗花，张勇是个知情知义的好孩子，可人家是高干子弟，门不当，户不对。人家母亲来了，她讲的话，你都听到了。孩子，咱别太任性、死心眼，哭坏了身子，犯不着，草原上的好小伙子多得是，够你挑的。”萨日朗花听罢，反而哭得更凶了。

从那以后，谁也看不到她的笑脸，听不到她的笑声了。张勇隔三岔五给她寄信，她都不回一封。其实，萨日朗花心里仍然装着张勇哥，她不相信张勇哥会负她而去。她常常拿出红色的石榴石放在眼前，痴痴看着，耳边总会响起张勇哥那句发自内心的话：“这石榴石，象征着对自己爱人的忠贞不渝。”

张勇见不着萨日朗花的回信，心急如焚。无奈之中，他给孙浩写了封信，询问萨日朗花的情况。孙浩回信告诉他，你母亲前些时候来了趟呼伦贝尔，去过巴特尔大叔的蒙古包，此后，就见萨日朗花情绪有些低落。张勇明白了，是母亲把水搅浑了。他写信向母亲再三陈述自己的想法，毕业回呼伦贝尔大草原，与自己相爱的萨日朗花相伴终生。他又给萨日朗花写信表白自己的心声：“……我不会屈服于母亲的压力，也不会走母亲为我设计的人生之路。我爱呼伦贝尔，因为那里有我日夜思念的爱人萨日朗花，我的体内温藏着她生命的点滴，谁也无法扑灭我们爱情的火焰。我会牵着你的手，共度人间美好，白头到老，走完人生的岁月……”

萨日朗花终于回信了，信只写了一句话：“草原上婀娜多姿的山丹花迎接你的归来！”

张勇毕业了。在毕业去向自愿栏里，他只填写了一个地名：呼伦贝尔。

张勇又回到了呼伦贝尔大草原。当他走近巴特尔大叔的蒙古包前，这时，从蒙古包里传来悠扬动听的马头琴声，只听巴特尔大叔用汉语唱道："美丽的呼伦贝尔，莺飞草长，盛开的山丹花鲜艳夺目，姑娘好比那山丹花……她站在草地河边处，等待草原雄鹰的归来……"张勇转身向不远处那条小河边望去，一个熟悉身影背向着他，身影在绿色青草和碧蓝清澈的河水衬映下，楚楚动人。那是他日夜思念的萨日朗花。他放下手中的行李，朝她狂奔而去，大声呼喊着："萨日朗花，我的萨日朗花。我回来了！"萨日朗花听到了，她的张勇哥回来了！她转过身来，张开双臂，向她心爱的人跑去，喊着："张勇哥！"两个年轻的恋人紧紧拥抱在一起，久久地停留在那里。天空飞过几只叽叽喳喳的小鸟，像在为他们祝福，静谧的大草原，像在聆听着一个美好动人的爱情故事。